그래도 웃으면서 살아갑니다

TANNO TOMOFUMI EGAWO DE IKIRU
Ninchisho to tomoni
by TANNO Tomofumi, OKUNO Shuji
Copyright © 2017 TANNO Tomofumi, OKUNO Shuji
All rights reserved.
Original Japanese edition published by Bungeishunju Ltd., in 2017.
Korean translation rights in Korea reserved by Book21 Publishing Group,
under the license granted by TANNO Tomofumi and OKUNO Shuji, Japan
arranged with Bungeishunju Ltd., Japan through BC Agency, Korea.

그래도
웃으면서
살아갑니다

단노 도모후미, 오쿠노 슈지 지음
민경욱 옮김

arte

시작하며

'치매'는 알츠하이머병, 뇌혈관치매, 레비소체치매, 전두측두치매 등 종류가 다양합니다. 또한 건망증이 있는 사람, 없는 사람, 환각을 보는 사람, 말을 잘 못하는 사람까지 여러 증상이 있고 이에 대한 생각에도 차이가 있습니다.

　이 책은 지은이 단노 도모후미의 개인적인 증상과 사고방식을 토대로 쓰였습니다. 치매를 겪는 모든 사람의 경험이 같지 않다는 점을 이해하고 읽기를 바랍니다.

한국의 독자들에게

한국에 이 책을 소개하고 싶은 이유가 있었습니다. 치매 진단을 받고 불안해하는 사람들에게 이것으로 인생이 끝이 아니다, 치매라도 웃으며 씩씩하고 즐겁게 지낼 수 있다는 사실을 알리고 싶었기 때문입니다.

알츠하이머성 치매라는 진단을 받고 처음 며칠 동안은 '내 삶은 끝났다'고 생각해 밤마다 울었습니다. 울고 싶어서 울었던 게 아닙니다. 잠자리에 누우면 절로 눈물이 흘렀습니다. 그만큼 불안과 공포에 시달렸고 그런 감정에 금방이라도 짓눌릴 것 같았습니다.

하지만 똑같이 치매에 걸렸음에도 활기차게 살아가는 사람, 치매에 걸린 이들을 적극적으로 도와주고 지지해주는 여러 사람을 만나 조금씩 불안을 해소할 수 있었습니다.

이런 사람들과의 만남을 통해 나는 자신보다 먼저 불안을 이겨낸 건강하고 밝은 사람들과의 만남이 활기를 준다는 사실을 깨달았습니다. 덕분에 현재 상황을 억울해하지 않고 치매와 함께 사는 삶을 선택할 수 있었습니다.

치매 진단을 받은 지 벌써 6년이 됐습니다. 진단 뒤 스코틀랜드 등 세계 각국을 다니며 치매인을 만나, 사는 나라와 처한 환경이 달라도 치매 진단 직후 갖게 되는 불안이나 공포, 편견이 무서워 집에 틀어박히게 되는 것 등은 모두 같다는 사실을 알았습니다. 나라와 환경은 다른데 진단 직후의 고민은 정말 똑같았습니다. 지금까지는 치매에 걸리면 아무것도 할 수 없으니 보살핌을 받아야만 한다고 생각했습니다. 그런데 이들은 치매를 변명 삼아 포기하는 게 아니라 희망을 품고 무슨 일이든 해내며 긍정적으로 살아가고 있었습니다.

물론 앞으로 병이 어떻게 진행될지 몰라 불안합니다. 하지만 병이 진행되더라도 도움을 받으면서 매 순간을 즐겁게 보낼 수 있다면 그것이 치매와 함께 사는 길이겠지요.

일본에는 병이 진행됐을 때의 지원 제도가 많습니다. 일본의 좋은 점, 다른 나라의 좋은 점이 저마다 다른데 그런 것들을 모두 아우를 수 있다면 치매인 모두가 행복한 사회가 될 겁니다. 세계적으로 고령화 속도가 가장 빠른 일본이 앞장서서, 치매에 걸려도 편하게 살 수 있는 사회란 무엇인지, 치매와 함께 산다는 것은 어떤 것인지를 생각해야만 합니다. 한국 역시 고령화 속도가 빠른 나라입니다. 이 책에서 제기한 문제의식이 한국에도 반향을 일으키기를 바랍니다.

이 책을 계기로 한국의 많은 분들이 치매에 걸리더라도 웃으며 살 수 있다고 생각해준다면 아주 기쁘겠습니다. 지금 치매를 겪고 있는 한국의 모든 분들이 나처럼 웃으며 살 수 있기를 진심으로 응원하겠습니다.

목차

3장

그래도 웃으면서 살고 싶어서

4장

내가 평범함을 지키는 방식

7장

이제 무엇을 하고 싶나요?

기억력은 나쁘지만 평범한 사람입니다

불과 몇 년 전까지 나는 미야기현의 넷츠도요타 센다이 지점에서 일하는 평범한 영업사원이었습니다. 수입차 중 폭스바겐 판매를 담당했습니다. 아내와 귀한 딸 둘과 함께 행복한 가정을 꾸리고, 일도 순조로워 이렇다 할 불만 없이 남들과 다르지 않게 살고 있었습니다. 그런 삶이 서른아홉이라는 나이에 갑작스러운 변화를 맞닥뜨렸습니다.

2014년 4월, 대학병원에서 한 달 가까이 검사한 결과 알츠하이머병 초기라는 진단을 받은 것입니다.

'말도 안 돼!'

'서른아홉 살밖에 안 된 내가 왜 이런 병에 걸린 거야?'

알 수 없는 분노, 절망, 후회가 마구 뒤섞여 우울증 상태에 빠지기도 했습니다. 미래를 향해 순조롭게 걷던 내 앞에 갑자기 깊은 어둠이 찾아온 것입니다. 진단을 받기 5년쯤 전부터 건망증이 심해 노트에 적어 대응했기 때문에 기억력에 대한 불안은 없었습니다. 다만, 앞으로 나는 어떻게 되는 걸까, 언제까지 이대로 있을 수 있을까 싶어 앞날이 막연하게 느껴져 답답한 마음에 생기는 불안이 더 컸습니다.

지금은 그때보다 기억력은 훨씬 나빠졌지만 늘 씩씩하게 웃으며 지내고 있습니다. 어째서일까요. 희망을 품을 수 있었기 때문입니다. '치매인과 그 가족을 위한 모임*'(이하 '치매인 가족 모임')에서 개최하는 자리에 참가했던 것을 계기로 내 삶이 바뀌었습니다. 치매에 걸린 사람들과 그 가족이 만나 교류하는 행사였습니다.

불안에 빠지면 주위에서 "괜찮아", "힘내"라고 말해도 '내 마음을 너희들이 어떻게 알아. 치매에 걸리지도 않았으면서'라고 생각하며 반발부터 하고 맙니다. 나도 그랬습니다. 하지만 나처럼 치매에 걸린 사람과 이야기를 나누면 공감하는 부분이 많고 같은 고민을 안고 있더라도 씩씩하게 지낼 수 있음을 깨닫습니다. 치매인 가족 모임에서 나보다 먼저 불안을 이긴 사람을 만났을 때 그랬습니다. 그는 모임에서 늘 밝은 미소로 다른 사람을 대하고 행동력이 넘치는 상냥한 사람이었습니다. 게다가 더 놀라운

• 이 책에서는 '치매 환자'라는 말을 쓰지 않습니다. '(치매) 당사자'나 '치매인'이라는 단어를 사용합니다. 치매에 걸린 사람은 환자로 불리길 원치 않기 때문입니다. 2장에서 좀 더 자세하게 그 이유를 설명하려고 합니다.

점은 자신이 치매라는 사실을 주위에 알리고 이해를 구했다는 겁니다.

그 무렵 나는, 갑자기 치매라는 진단을 받고 앞으로 나와 내 가족은 어떻게 되는 건가 막막해 엄청난 불안감에 시달렸습니다. 그런데 그와 만나다 보면 왜 나는 이렇게 낙담하고만 있을까 하는 생각이 들었습니다. 내가 더 젊은데 말입니다. '완전히 졌다!' 싶었습니다. 나도 분발해서 주위 사람을 웃게 할 수 있는 사람이 되고 싶었습니다. 그에게 지고 싶지 않았기 때문일지도 모릅니다.

치매인 가족 모임에 가면 "단노 씨, 어째서 그렇게 웃을 수 있어요?"라는 질문을 많이 받습니다. 그럴 때 "기억력은 나쁘지만 평범한 사람이니까요"라고 대답하면 "어두워진 내가 바보 같다"라며 다시 밝아지는 분도 있습니다. 특히 처음 모임을 찾아온 사람과 이야기를 나누면 점점 얼굴이 편안해지는 게 보입니다. 뭔가 느꼈기 때문이겠죠. 치매에 걸린 사람만이 서로 알 수 있는 게 있을지 모릅니다. 마찬가지로 나 역시 여러 치매인을 만나면서 기운을 차리고 진취적인 사람이 됐습니다. 그렇다면 언젠가 나도 불안에 절절매고 있는 치매인 동료들에게 도움을 줄 수 있지 않을까 하는 생각이 들었습니다.

그러기 위해서 우선 내 병을 공개하기로 했습니다. 당사자와 가족이라면 누구나 느끼는 거겠지만 치매라는 병을 다른 사람에게 말하는 데는 정말 큰 용기가 필요합니다. 왜 치매는 말하기 힘든 병일까요. 왜 부끄럽다고 생각할까요. 감기나 독감은 웃으며 말할 수 있는데 치매는 병을 공개하는 것조차 용기가 필요합니다. 그것은 바로 치매에 편견이 있기 때문입니다.

치매란 진단을 받았을 때 나 자신이 보통 사람이 아닌 이상한 사람이 될 것 같은, 잘못된 정보에 현혹돼 있었습니다. 사람들 대부분은 지금도 그렇게 생각할 겁니다. 심하면 치매 초기라도 아무것도 모르는 상태가 되고 때로는 난동을 피우며 다른 사람에게 위해를 가하거나 거리를 배회한다고 믿고 있습니다. 초기는 기억력이 조금 나쁜 것을 제외하면 지금까지의 생활과 다를 게 전혀 없습니다. 하지만 치매에 걸린 사람은 그런 편견이 뿌리 깊기에 주위에서 무슨 말을 들을까 미리 겁을 내고 생각을 행동으로 옮기려다가도 반사적으로 주저하게 됩니다. 그것은 스스로만이 아니라 가족이나 주위 사람을 옭아매고 맙니다.

결과적으로 병을 공개한 뒤 편견을 느낀 적은 거의 없었고 오히려 도와주는 사람이 많이 생겼습니다. 그래서 생각했습니다. 편견은 자기 안에 있다고.

치매에 걸리면 배회하거나 난동을 피운다는 정보가 만연한데, 치매라고 해도 초기와 중증은 완전히 다르다는 것을 이해하지 못했기 때문입니다. 틀린 정보가 넘치는 가운데 갑자기 치매라는 소리를 들으면 불안해서 견딜 수 없게 됩니다. "그럼 어떻게 하면 좋을까요?"라고 물어도 아무것도 가르쳐주지 않아 일단 뭘 어떻게 해야 좋을지 모릅니다. 내가 그랬습니다. 이때 잘못된 정보는 본인이나 가족을 불안에 빠뜨릴 뿐만 아니라 우울증 같은 병에 걸리게 합니다. 잘못된 정보가 그대로 받아들여지면 앞으로 치매 진단을 받을 가능성이 있는 사람이나 기억력이 나빠져 고민하는 사람들, 그 가족까지 불안감에 빠지기 쉽습니다. 다른 이들은 나처럼 불안으로 매일 눈물을 흘리는 시간이 없길 바랐습니다.

어느 날, 여러모로 도움을 받는 '이즈미노모리 진료소'의 야마사키 히데키 선생님이 "단노 씨는 어떻게 웃을 수 있게 됐나요?"라는 질문을 했습니다. 같은 고민을 하는 사람들과 만나면서 용기를 얻었던 경험을 말하자 "그건 아주 중요한 일이니까 다른 사람에게도 이야기해줘요"라고 했습니다. 내가 변한 것처럼 다른 사람도 변할 수 있는 계기를 준다면 그보다 기쁜 일은 없을 겁니다. 나 혼자서는 절대 안 되겠지만 모두 같이 참여하고 서로를 도와주면 할 수 있을지도 모릅니다. 그리하여 2015년 5월 치매인을 돕고자 치매인을 위한 고민상담센터 '오렌지도어'를 시작했습니다.

🖐

치매 진단을 받으면 치매인과 가족은 아무래도 예전의 모습을 찾아 헤매며 지금은 할 수 없어진 것을 받아들이려고 하지 않습니다. 그런 탓에 전과는 달라진 모습을 주위 사람에게 보여주기 싫어합니다. 하지만 치매는 숨기려고 해도 숨길 수 없습니다. 치매를 숨길 게 아니라 자신이 전과 같지 않음을 받아들이는 용기가 필요합니다. 실제로 전과 같지 않음을 솔직하게 받아들이고 좋은 의미에서 포기하며 일상생활을 즐겁게 보내는 이들도 많습니다. 용기를 내 첫걸음을 떼면 인생은 크게 바뀝니다. 오렌지도어를 시작한 것도 즐거운 '인생의 재구축'을 위한 첫걸음을 돕고 싶기 때문이었습니다.

내가 치매라는 것을 알게 됐을 때 첫발을 떼는 게 정말 힘들었는데 내딛자마자 인생이 바뀌었습니다. 치매와 관련된 수많은 사람과 알게 되면서 내 마음이 '불안'에서 '안심'으로 변했기 때문이지요. 그런 변화가 영향을 주었기 때문일까요, 병세의 진행도 늦어진 것 같습니다.

물론 처음부터 웃으며 지낼 수 있었던 건 아닙니다. 매일 눈물을 흘렸던 시기도 있습니다. 그때 지금도 같이 행동하고 있는 파트너가 "억지웃음이라도 좋으니까 웃어요. 그럼 진짜 웃음이 나올 거예요"라고 알려줬습니다. 그 말을 따라 했더니 조금씩 웃음이 나왔습니다. 지금은 정말 웃음이 많아졌습니다. 웃는 얼굴로 있으면 사람이 모여듭니다. 내가 특별한 게 아니라 치매에 걸린 많은 사람이 나와 마찬가지로 될 수 있다고 확신합니다. 오렌지도어를 운영하며 느낀 사실입니다.

웃지 않고, 말도 하지 않는다던 사람도 함께 이야기를 나누면 점차 편안하게 대화하고 웃기도 합니다. 웃고 있는 모습을 보고 가족이나 동반자는 "이렇게 웃는 걸 본 적이 없다"라며 놀랍니다. '치매인은 웃지도 말하지도 않는다'는 것은 주위에서 마음대로 규정한 것일지도 모릅니다. 내게 특별한 힘이 있어서 웃게 한 게 아니라 그냥 원래 모두 잘 웃습니다. 그 점을 많은 이들에게 알려주고 싶습니다.

치매에 대한 잘못된 이미지가 고정관념이 된 경우가 많습니다. 이를테면 치매에 걸리면 아무것도 모르게 된다는 것입니다. 그 오해가 치매에 걸린 사람의 인생을 망가뜨리고 있습니다. 치매여도 인생을 새롭게 시작할 수 있습니다.

치매에 걸려도 혼자 고민하지 말고 신뢰할 수 있는 사람에게 힘드니까 도와달라고 목소리를 내는 게 아주 중요합니다. 가족은 물론, 가족 이외의 사람에게도 전하는 게 중요합니다. 가족에게 상담하기 어려워도 가족이 아닌 사람에게는 말할 수 있는 게 많습니다. 그런 파트너를 하나씩 늘림으로써 평범한 생활을 해나갈 수 있지 않을까요. 간병인이 아니라 같이 뭔가를 하는 파트너이자 불가능해진 것을 도와주는 활동 지원자인 셈입니다.

"할 수 없는 것을 돕고 할 수 있는 것은 같이한다."

이것이 치매인으로서 내가 세상에 바라는 것입니다.

그래도 웃으면서 살아갑니다

1장

서른아홉,
알츠하이머 진단을 받았다

메모투성이가 되어버린 책상

스물두 살에 넷츠도요타 센다이 지점에 입사해 스물다섯에 수입차 부문으로 옮겨 폭스바겐 판매를 담당했습니다. 도요타에서 폭스바겐을 판매했다고 하면 의아한 표정을 짓는 사람들이 있는데 2010년 12월까지 도요타는 독일 폭스바겐사와 제휴를 맺고 미야기현에서는 넷츠도요타를 통해 판매했습니다. 도요타에는 비츠 같이 저렴한 가격의 차도 있는데 폭스바겐은 한 대 가격이 고가이기 때문에 대수로는 비교할 수 없으나 판매 액수로만 따지면 회사 전체에서 상위였을 겁니다.

내가 다른 사람보다 기억력이 나쁘구나 하고 느끼기 시작한 것은 2009년 무렵입니다. 일도 순조로워 보람을 느끼던 때였습니다. 통근하며 차 안에서 업무 생각을 하다 문득 잊고 있던 일을 떠올리는 경우가 늘었습니다. 그래서 잊지 않으려고 수첩에 메모하거나 다음 날 회사에 가면 바로 메모지에 써서 컴퓨터 주변에 붙였습니다. 다른 직원들도 메모지를 붙이긴 했지만 다른 사람과 비교해 양이 확실히 많았습니다.

때로 메모지조차 떼지 못하는 경우가 있었습니다. 제대로 일하고 싶다는 생각에 전처럼 일정을 메모지에 기록해 컴퓨터 주변에 붙이는 걸 그만두고 노트로 바꿨습니다. 이때의 노트 필기는 그저 잊지 않으려는 목적으로만 썼습니다.

기억에 이상을 느끼기 시작한 계기는 연말에 고객 집에 달력을 전하러 갔을 때였습니다. 고객의 집에 도착해 주소를 확인하고 현관까지 갔는데 집 호수를 잊어버려 다시 차로 돌아와 확인하길 거듭했습니다.

고객과 전화로 얘기하고 수화기를 놓자마자 무슨 용건이었는지 잊은 적도 있었습니다. 전화로 얘기할 때는 제대로 듣고 이해했다고 생각했는데 막상 동료 직원에게 내용을 전하려고 하니 기억이 나질 않았습니다.

처음에는 대수롭지 않게 생각했는데 점점 고객과 대화한 내용이나 상사에게 들은 말을 잊었다가 나중에 생각나는 일이 많아졌습니다. 중요한 고객의 이름을 잠시 까먹는 일도 늘었습니다. 상사가 자동차를 산 고객의 이름을 물었는데 바로 이름이 나오지 않았던 겁니다. 황급히 주문서를 꺼내 확인하고 상사에게 대답하기도 했습니다. 상사에게 "도대체 무슨 짓을 하는 거냐!"며 주의를 받았는데 도무지 어찌 된 영문인지 알 수 없었습니다.

유난히 수첩이 많은 샐러리맨

그로부터 3년이 지난 2012년이 되자 고객의 이름뿐만 아니라 얼굴도 까먹어 고객을 잘못 알아보는 일도 점차 늘어났습니다.

무엇보다 가장 곤란한 점은 새로 발매된 차의 사양을 외우지 못하는 일이었습니다. 그러자 이제까지 즐거웠던 영업이 점점 고통스러워졌습니다.

이전엔 잊지 않기 위해 '야마다 씨 전화'라고 노트에 적으면 어느 야마다 씨에게서 어떤 내용으로 전화가 왔는지 바로 떠올렸는데, 이 무렵에는 '야마다 씨 전화'라고 적어도 어느 야마다 씨가 왜 전화했는지 잊었습니다. 그래서 '이즈미구의 야마다 씨 타이어 교환 건으로 전화'같이 요점을 최대한 자세히 적어놓았다가 일을 해결하면 끝났다는 체크 표시도 넣어 확인하게 되었습니다.

노트에 적는 양이 늘어났기 때문에 당연히 일반 노트로는 부족해졌습니다. 처음에는 A5 크기였던 노트도 B5로, A4 크기로 점점 커졌습니다. 그것도 하루에 한 쪽씩 사용해 적었습니다. 당시는 그렇게 의식하지 않았는데 지금 새삼 노트를 보면 해마다 기억이 쇠퇴하고 있었음을 알 수 있습니다. 적는 내용이 아주 자세해졌던 겁니다.

애써 기록했는데 이 노트를 어디에 뒀는지 모르면 곤란했기 때문에 항상 가지고 다니기 시작했습니다. 고객과 얘기를 나눌 때도 노트에 쓰면서 떠들었기 때문에 고객은 틀림없이 내가 아주 성실한 사람이라고 생각했을 겁니다. 당시 점장도 좀 이상하다고만 생각했지 병이라고는 생각하지 못했던 듯 아주 오랜 뒤에 "그러고 보니 자네, 늘 노트를 썼지"라고 말했을 정도였습니다.

적는 양이 늘어나면 뭘 어디에 썼는지 바로 찾을 수 없습니다. 애써 적었는데 찾질 못하면 무의미하므로 가능한 한 잘 찾을 수 있도록 썼습니다.

다만 '야마다 씨 매장 방문'이라고 적어도 야마다 씨의 얼굴과 이름이 일치하지 않았습니다. 머릿속에 야마다 씨의 정보가 입력돼 있지 않기 때문에 야마다 씨가 와도 '이 사람이 정말 맞겠지?'라고 생각하면서 얘기하는 수밖에 없었습니다.

상담한 내용을 잊을 때도 있었습니다. 그럴 때는 다음 날 찾아온 고객과 일단 세상 돌아가는 얘기부터 시작해 고객이 "어제 말했던 폭스바겐 폴로 말이에요"라고 하면 '아! 폴로 얘기를 했구나!' 하고 정보를 입력합니다. 이 얘기를 했다는 걸 깨달으면 "등급은 어느 정도로 하실 생각입니까?" 같은 질문을 자연스럽게 던집니다. 그때 고객이 카탈로그를 가리키며 "이걸로 결정했어요"라고 말하면 범위가 줄어듭니다.

"빨간색으로 정하셨어요?" 같은 구체적인 질문은 하지 않습니다. 다 안다는 태도로 "어떤 색으로 하시겠습니까?"라고 묻습니다. "하얀색도 좋죠"라고 일단 말을 던져 고객이 "어제 말했던 파란색이 좋아요"라고 구체적인 말을 할 때까지 기다립니다.

어느 날은 주차장으로 차가 들어오기에 다른 직원에게 "고객

그래도 웃으면서 살아갑니다

이 오셨으니까 가봐요"라고 응대를 지시했습니다. 그런데 그가 얼빠진 표정으로 돌아와 내게 말했습니다.

"선배님 고객이에요."

머릿속에서는 만난 적이 없는 고객인데 상대는 틀림없이 나를 호출했습니다. 그래서 아는 척하고 대화하면서 어떤 내용을 계기로 기억이 나겠지 싶어 이야기를 나누는데 마지막까지 확실히 만났다는 자신은 없었습니다. 그럴 때는 정말 곤란했습니다.

가장 난처한 것은 뭐니 뭐니 해도 전화였습니다. '이즈미구의 야마다 씨에게서 전화'라고 해도 알 도리가 없습니다. 전화 받은 사람에게 이름을 묻고 재빨리 차트를 확인해 '아, 이 사람인가?' 하고 간신히 머릿속으로 일치시킨 다음 대응하다 보니 매일 줄타기를 하는 심정이었습니다.

내가
오늘 누구를
만나기로 했어요?

✲

점차 건망증으로 인한 업무 실수가 늘어나자 상사에게 주의를
받는 일도 늘어났습니다. 무엇보다 고객과의 약속을 잊어버렸으
니까요. 외부에서 돌아와 "고객이 기다리고 있네"라는 말을 들어
도 전시장에서 기다리는 사람 중 누가 내 고객인지 모를 때도 있
었습니다. 하지만 동료가 뒤에서 보고 있으니 이상한 행동을 하
면 바로 들킵니다. 그랬다가 주의를 받았습니다.

"자네, 지금 무슨 짓인가?"

"아니 그냥 제가 아는 고객과 너무 닮아서."

그럴 때는 일단 변명을 하는 수밖에 없었습니다.

상사에게 "잘 기억해!"라는 말을 자주 들었습니다. 특히 내게
주의를 준 사람은 점장보다 프런트 담당이었습니다. 늘 지켜보
고 있으니까요. "고객이 기다리고 있으니 가보세요"라는 소리를

그래도 웃으면서 살아갑니다

들어도 고객이 누군지 모르므로 "저기, 어느 분이세요?"라고 묻는 수밖에 없습니다.

"무슨 말씀이세요? 단노 씨 고객이 아닌가요?"

"아니, 오늘은 평소와 복장이 달라서요."

"저기, 저 사람이에요!"

그렇게 고객을 만나도 실은 잘 몰랐습니다. 그럴 때는 이름을 잊었다고 할 수는 없으니까 사전에 직원에게 부탁해 차트를 가져오게 합니다. 정비 차트라는 게 있는데 거기에는 고객의 정보가 기록돼 있습니다. 그 차트를 보며 '아, 이 야마다 씨구나'라고 확인하고 "야마다 씨!"라고 부르면 뒤를 돌아봅니다. 그렇게 넘기는 게 최선이었습니다.

상사가 고객 얘기를 물을 때가 가장 곤란했습니다. 모든 걸 잊어 머릿속이 새하얄 때는 당연히 대답할 수 없습니다. 바로 대답하지 못하면 안 된다는 초조함 때문에 그 자리를 무마하는 변명이나 거짓말로 넘기는 수밖에 없습니다. 이를테면 이런 일이 있었습니다.

이벤트가 있어서 차를 팔아야만 하는 주말이었습니다. 금요일 저녁에 점장이 "내일 누가 상담을 하러 오나?"라고 물었습니다. 사러 오는 사람이 있다는 건 알았지만 이름도 모르겠고 얼굴도 떠오르지 않아서 순간적으로 적당한 이름을 대고 넘겼습니다.

다음 날, 누가 오기로 했는지조차 잊고 있었습니다. 거짓말을 했으니까 당연히 점장에게 말했던 사람과는 달랐습니다. 그래도 차는 팔았습니다. 판 다음에 점장에게 보고해야 하는데 이게 참 곤란했습니다. 전혀 다른 사람이었으니까요.

"가족이 필요하다고 했는데 이분이었답니다."

이렇게 둘러댔죠. 다 거짓말이었습니다. 하지만 차를 팔았으니 점장도 "아, 그래?" 하며 이해했습니다. 만약 팔지 못했다면 그리 쉽게 넘어가지 못했겠죠. 잘 팔았기 때문에 그다지 잔소리를 듣지 않았던 겁니다. 지금 생각하면 정말 위태로운 짓이었습니다.

이런 일이 빈번하게 일어났는데도 작은 소동은 있었지만 큰 문제는 발생하지 않았습니다. 예를 들어 새 차에 부품을 설치해달라는 요청을 받아놓고 완전히 까먹고 있다가 납품할 때 기억한 경우가 상당히 있었습니다. 그럴 때는 재빨리 이렇게 말합니다.

"실은 이 부품 납기가 늦어지고 있으니까 일단 차를 받으시죠. 부품은 제가 나중에 설치해드리겠습니다."

물론 고객도 이해했습니다.

고객과 큰 문제가 일어나지 않았던 것은 영업 실적 1위라 모든 것을 점장에게 보고하지 않고 어느 정도는 혼자 처리할 수 있었기 때문이기도 하지만, 가장 큰 이유는 실수해도 "죄송합니다!"라고 말할 수 있는 고객이 많았기 때문입니다. "죄송합니다!"라고 하면 "괜찮아요. 단노 씨니까요"라고 이해해주었습니다. 고객과의 신뢰가 쌓여 있으니까 작은 일로는 문제가 일어나지 않았던 겁니다.

그래도 웃으면서 살아갑니다

얼굴은 분명 아는데 이름이…

고객을 기억하지 못하게 되면서 상사에게 '고객의 특징을 적어 두라'는 말을 자주 들었습니다. 하지만 그게 말처럼 쉽지 않았습니다. 수염을 길렀다, 안경을 쓰고 있다, 머리가 길다는 식으로 적으라는 의미겠지만 그런 사람은 정말 많습니다. 아무리 특징을 적어도 실제 고객과 연결하는 일은 불가능했습니다. 아무래도 점장이 생각하고 있는 건망증과 나의 증상은 전혀 다른 것이었겠죠.

보통 사람은 사소한 특징만 적어도 기억해내는 계기가 됩니다. 그래서 점장도 특징을 적으라고 했을 겁니다. 하지만 내 안의 기억 상자는 텅 비어 있기 때문에 '안경'이라는 힌트를 적는다고 해서 전혀 도움이 되지 않았습니다.

그렇다고 억지로 기억하려고 하면 전혀 다른 사람을 그 사람으로 착각하는 경우가 생깁니다. 예를 들면 야마다 씨를 우에다 씨라고 착각하고 말을 걸었다가 실패한 경우가 종종 있었습니다. 퍼즐의 조각을 형태가 비슷하다는 이유만으로 억지로 끼우고 성공했다고 착각하는 것이나 마찬가지입니다. 내 안에서 뭔가를 오인하고 다른 사람을 그 사람이라고 착각하는 겁니다. 정말 이상하죠.

처음 병원에서 검사를 받은 2012년 12월의 일입니다. 상사에게 주의만 받게 되어 힘들었으나 고객과 얘기하는 게 너무 좋아 고객과의 상담 시간을 늘려 상사와는 마주치는 일을 피했습니다. 하지만 고객과 얘기한 내용의 10분의 1 정도밖에 기억하지 못했고 내용을 노트에 기록하려고 해도 기억이 나질 않아 적을 수가 없었습니다.

그런 일이 이어져서 직장생활에 대한 불안감이 커졌을 때였습니다. 어느 날, 매일 얼굴을 마주하는 동료의 이름이 입 밖으로 나오질 않아 말을 걸고 싶은데 걸 수가 없었습니다.

영업자와 업무 복장이 다른 엔지니어들이었지만 정비를 부탁하려고 해도 이름이 생각나질 않는 겁니다. 이름을 모르는 사람이 하나면 다른 사람에게 부탁하면 되지만 모든 엔지니어의 이름이 기억나질 않았습니다. 머릿속이 새하얘졌습니다. 아니 오히려 눈앞이 캄캄해졌습니다. 이게 어떻게 된 일인지 영문을 알 수 없었습니다.

그때는 너무 당황했기 때문에 아무에게도 말하지 않고 일단 책상으로 돌아와 조직표를 보고 이름을 확인한 다음 말을 걸어 겨우 일 얘기를 했습니다. 겉으로는 아무 내색하지 않았지만 정말 충격이 컸습니다.

걱정이
너무 많은 게
아닐까?

✻

'참 이상하네. 도무지 기억이 나질 않아. 정말 이상해.'

그렇게 생각하면서도 아무에게도 털어놓지 않았습니다. 물론 '치매'라고는 상상도 하지 못했습니다.

초등학교 때 언어장애는 아니었지만 '랴, 류, 료'를 제대로 발음하지 못해 언어교실에 다녔던 적이 있습니다. 그런 일도 있어서 남들보다 기억력이 떨어지는 것은 그냥 타고난 능력치가 낮기 때문이라고 생각했습니다. 그러니까 메모를 활용해 보완해야 한다고, 설마 병이라고는 생각하지 못했습니다. 기억력이 급격히 떨어지는 것은 스트레스 때문이 아닐까 생각했습니다.

우리 회사는 늘 정신없이 바쁩니다. 그만큼 고객의 수가 많다는 소리인데 나만 해도 혼자 400명의 고객을 맡고 있었습니다. 봄은 괜찮지만 11월 말에서 12월 초 눈이 내리기 전은 특히 바쁜 시기입니다. 우리 회사는 고객의 스노타이어를 보관하고 있어서 교환하러 오는 고객이 쇄도하기 때문입니다. 그 무렵에는 휴일이라도 휴대전화가 계속 울립니다. 회사로 전화하는 다른 영업사원의 고객과 달리 내 고객은 나와 사이가 좋아 회사가 아니라 직접 개인 휴대전화로 겁니다. 그래서 겨울 전에는 이런저런 난리가 납니다.

이런 이유로 10월 말이면 내가 먼저 고객에게 전화해 예약을 미리 잡았습니다. 그래도 정말 전화가 많이 왔고, 계절 업무 특성상 너무 바빠 스트레스가 쌓여 일시적으로 기억력이 나빠졌다고 생각했습니다. 어쩌면 최악의 상태를 피하고 싶은 마음에 적당한 이유로 시선을 돌린 걸지도 모릅니다.

하지만 기억력이 나빠진 것은 사실이었습니다. 기억력이 나쁠 때는 어떻게 해야 할까, 역시 병원 진단을 받는 수밖에 없었습니다. 어느 과를 가야 할지 짐작조차 가지 않았습니다. 일단 인터넷으로 뇌신경과를 조사했더니 회사 근처에 뇌신경외과가 있었습니다. 어차피 스트레스라고 할 거라고 생각했고, 이대로 가면 이미 결정된 내년 매상 목표 달성은 무리라고 판단해 과감히 진찰을 받기로 했습니다.

아내에게는 걱정을 끼치고 싶지 않아서 말하지 말까 망설였으나 보험증을 아내가 가지고 있어서 말할 수밖에 없었습니다. "기억력이 좀 나빠진 것 같아서 진찰을 받을까 해"라고 말했더니 아내는 놀라면서도 "너무 걱정이 많은 것 아니야?"라며 웃었는데,

나는 의사에게 "스트레스네요"라는 말을 들어야 마음이 편해질 것 같았습니다.

2012년 12월 25일, 상점가는 크리스마스 장식으로 화려했습니다. 이날은 회사 정기휴일이었습니다. 그리 심각하게 생각하지 않았기 때문에 오전 중에 친구를 만나 수다를 떨고 점심을 먹은 뒤 오후 진료시간에 맞춰 병원에 갔습니다.

뇌파검사 같은 걸 한 것 같은데 어떤 검사였는지는 모릅니다. 모두 끝났을 때 밖이 캄캄했습니다. 검사가 끝나자 의사가 이렇게 말했습니다.

"이상은 크게 없는 것 같은데 그래도 좀 이상하니 큰 병원에서 검사하는 게 좋겠습니다. 코난병원에 소개장을 써줄 테니까 건망증 외래로 가보세요."

센다이시의 코난병원은 뇌신경질환 전문병원으로 알려져 있습니다. 이날은 이미 진료시간이 지났기 때문에 코난병원에 예약하지 못하고 다음 날 다시 가기로 했습니다. 하지만 예상치 못한 사태에 영문도 모른 채 돌아오는 전철 안에서 망연자실했습니다.

내심 스트레스라는 소리를 들을 거라 생각했는데 큰 병원에 가보라니, 이상하지 않나……. 그런 걱정을 하다 보니 점점 초조해져 속으로 '그 자식, 돌팔이 아니야!' 하고 화를 내버렸습니다.

병원에
가는 건
비밀로

12월 26일, 큰 병원에 가려면 아무래도 일을 쉬어야만 했습니다. 상사에게 기억력이 나빠져서 검사받기 위해 병원에 가느라 일을 빠져야 할 것 같다고 알리고 허가를 받았습니다. 연말이었던 터라 코난병원에 가는 것은 연초가 됐습니다. 점장과 상담해 지금 시점에서는 이 일을 아무에게도 말하지 않기로 했습니다.

다른 가족들에게 새해 인사를 하러 가기도 했는데 병원에 간다는 얘기는 아무에게도 하지 않았습니다. 아내와도 그에 관해서는 전혀 언급하지 않았습니다.

2013년 1월 8일, 아내와 함께 코난병원의 건망증 외래를 찾았습니다. 하세가와식 간이지능평가스케일로 검사한 뒤 의사에게 "나이를 고려했을 때 자세히 조사하는 게 나으니 입원해서 검사하죠"라는 얘기를 들었습니다. 혼란스러웠습니다. 입원이라니,

그래도 웃으면서 살아갑니다

상상도 하지 못했기 때문입니다.

일단 상사에게는 입원 사실을 알렸지만 다른 직원에게는 입원 이유를 비밀로 해달라고 부탁했습니다. 건망증으로 입원하는 것이 부끄러웠기 때문입니다. 물론 이 시점에서는 부모님과 누나, 형에게도 걱정을 끼치고 싶지 않아 말하지 않았습니다. 코난병원에 결국 2주일이나 입원했습니다.

매일 서너 종류의 검사를 받았습니다. 의사는 "건망증이 어디서 비롯됐는지 확실치 않아요. 젊은 나이를 생각하면 걱정되니까 가능성이 있는 병을 하나씩 확인해봅시다"라고 말했는데 그래선지 정말 다양한 검사를 했습니다.

어떤 검사를 했는지, 실은 거의 기억하지 못합니다. 다만 아팠던 검사만은 기억합니다. 몸에 전류를 흐르게 하면서 점점 세게 하거나, 척수를 뽑을 때는 정말이지 괴로울 정도로 아팠습니다. 의사 입에서 야콥병이나 파킨슨병 같은 교과서에서나 들었던 난치병 이름이 나오기도 했습니다. 스트레스 때문이라고 생각했는데 왜 이런 검사만 해댈까 싶어 불안해 미칠 것 같았습니다. 하지만 모든 검사가 끝나면 분명해지겠지, 그때는 그래도 가벼운 마음이었던 것 같습니다. 이제까지 병치레라는 것을 한 적이 없어서 입원도 처음이었습니다. 스스로 나는 건강한 체질이라고 생각했기 때문에 검사 결과에 자신이 있었을지도 모릅니다.

마침 입원 중에 서른아홉 살 생일을 맞았습니다. 간호사가 매일 "오늘은 며칠인가요?"라고 물으러 왔는데 그날은 "제 생일이라 잊지 않아요"라고 말했던 걸 기억합니다. 다만 입원 중이라 생일 축하는 꿈도 꾸지 못했습니다.

병원에 직장 상사가 찾아왔습니다. 상사와는 업무 얘기를 하고 퇴원하면 어떤 일을 해야 할까 의논했습니다. 입원 중에도 내내 일이 마음에 걸렸습니다. 이번 기회에 좀 더 업무를 공부하자는 생각이 들어 틈틈이 자동차 잡지를 읽기도 했습니다.

검사 결과가 나오자 주치의는 내게 이렇게 말했습니다.

"뇌에 강한 위축이 있어 알츠하이머가 의심되는데 나이가 너무 젊어 의심스럽습니다. 대학병원에서 더 검사할 수 있는데 어떻게 하시겠습니까?"

애매한 얘기라 잘 이해할 수 없었으나 그밖에 다른 선택지가 없는 것 같아, 우리 부부는 대학병원에서 검사하기로 결정했습니다.

가족이 의지가 되는 순간

부모님께 말하지 않았던 것은 그냥 걱정을 끼치고 싶지 않다는 생각 때문이었습니다. 물론 누나와 형에게도 코난병원에 입원한다고 말하지 않았습니다. 그런데 부모님께서 병문안을 오셨던 겁니다. 너무 놀랐습니다.

아무에게도 말하지 않고 혼자 떠안고 있던 아내가, 그 상황을 견디기 힘들어 내게 비밀로 하고 어머니께 의논했던 겁니다. 그래도 최소한 부모님께만 대학병원에 입원하는 사실을 알리고 형

그래도 웃으면서 살아갑니다

과 누나에게는 알리지 않을 생각이었습니다. 그런데 어머니께서 달력에 '도모후미 입원'이라고 적는 바람에 집을 찾아왔던 형과 누나까지 알게 되었습니다.

두 사람은 물론 크게 놀랐지만, 내가 알츠하이머일지 모른다는 소리에 만약 그 이유로 회사에서 잘리면 각자의 회사에서 고용할 생각이었다고 합니다. 형은 라면 가게를 경영하고 있었으니까 무엇이든 내가 할 수 있는 일이 있으리라 생각했겠죠. 누나는 누나대로 매형이 회사 인사부장이기 때문에 그 회사에 일자리를 구해볼 생각이었답니다. 나중에 그 말을 듣고 역시 가족은 고마운 존재라고 느꼈습니다. 특히 형과는 그리 우애가 깊다고 생각하지 않았고 자주 만나지도 않았는데 그렇게 걱정해주다니 마음만으로도 기뻤습니다.

이렇게
건강한데…
아닐지도 몰라

✳

실은 회사 사람들에게는 상사를 제외하고 입원한 이유를 알리지 않았습니다. 사실을 말하기가 부끄러웠기 때문입니다.

의사로부터 설명을 들어도 어떻게 된 상황인지 이해할 수 없었습니다. 당시 내 머릿속에 알츠하이머는 '아무것도 모르는 상태가 된다', '길을 쉽게 잃고 몸져눕는다' 같은 이미지밖에 없었습니다. 그래서 '알츠하이머가 의심된다'라는 말을 들었을 때 혼란스럽다기보다도 곧 몸져누울 것이라는 생각에 좌절감이 컸습니다.

코난병원 퇴원 뒤 대학병원에서 다시 검사할 때까지 며칠이 비었기 때문에 출근도 했는데 이때 동료에게 기억력이 나쁜 것을 상담했습니다. 돌아온 말은 "나도 마찬가지야. 자주 사람 얼굴을 까먹어. 그런 일에 마음 쓰지 마. 스트레스 아닐까?"였습니

그래도 웃으면서 살아갑니다

다. 모두가 나와 같다면 왜 병원에 가지 않을까? 정말 같은 걸까? 괜히 불안만 커졌습니다.

처음에는 누구와 상담해도 "나도 마찬가지"라고 말했습니다. "매일 같이 일하는 사람의 이름을 모르겠는데"라고 말해도 "그런 일 자주 있어"라고 말했습니다. 자신은 모두와 다른 게 아닐까 생각하고 있는데 "같다"라는 말을 들으면 머릿속이 혼란스러워지면서 초조해졌습니다.

'이렇게 건강한데 알츠하이머 같은 건 아닐 거야. 뭔가 다른 가벼운 병이겠지'라며 되도록 위안이 될 만한 생각을 하려 했으나, 말 그대로 위안에 불과했습니다.

상사에게는 입원 중의 일을 보고하며 의사에게 알츠하이머일지도 모른다는 얘기를 들었다고 솔직하게 전했습니다. 그러자 "정말이라면 큰일이군"이라는 대답을 들었습니다. 그 순간 머릿속이, '알츠하이머는 곧 삶의 끝'이라는 말로 압도되었습니다.

더구나 상사에게 "원인을 완전히 알 때까지 입원해도 괜찮으니까 고객 명단을 다른 동료에게 넘기라"는 말을 들으니, 머릿속이 복잡해졌습니다. 날 안심시킬 생각으로 일은 잊고 편안하게 입원하라는 말이었겠지만 영업사원에게 재산인 고객을 넘기라는 말은 복귀하더라도 처음부터 다시 시작하라는 뜻이었습니다. 내게는 이미 처음부터 시작할 자신이 없었습니다.

'영업으로 돌아가지 못하면 정비 자격도 없으니까 회사에서는 해고당하겠구나.'

더 이상 회사로 돌아갈 수 없을 거라고 포기했습니다. 그런데 대학병원에 입원하기 전날 갑자기 사장님이 내가 있는 매장에 와서 이렇게 말했습니다.

"검사를 제대로 받아요. 걱정하지 않아도 됩니다. 어떤 결과가 나오더라도 어떻게든 회사로 돌아올 수 있도록 할 테니까."

나쁜 결과가 아니라면 돌아갈 수 있을지 모르겠으나 당시는 사장님에게 따뜻한 위로를 들어도 소중한 고객을 넘긴 이상 회사에 돌아갈 수 있을지 없을지 반신반의했습니다. 하물며 알츠하이머라면 절대 돌아갈 수 없으리라고 각오했습니다.

그때는 불안과 절망이 뒤섞여 정말 혼란스러웠습니다. 혼자 있으면 불안에 떠밀려 눈물이 멈추지 않았습니다. 2013년 3월, 중학교 1학년과 초등학교 5학년짜리 딸 둘을 데리고 앞으로 어떻게 해야 할까. 절망과 불안으로 눈앞이 캄캄했습니다.

2장

나를 '환자'라고
부르는 세상

결국
건망증이
아니었다

✴

2013년 3월, 대학병원에 입원했습니다. 사실, 입원한 것은 기억하는데 입원 중에 어떤 간호사와 만났는지, 어떤 검사를 받았는지, 주치의는 누구였는지 거의 잊었습니다. 당시 노트에 기록했던 것을 토대로 어렴풋한 기억을 더듬어보겠습니다.

입원 당시 코난병원에서 검사했던 정보는 일단 잊고, 처음부터 다시 검사해보자는 말을 들었을 때 조금 마음을 놓았습니다. 하지만 검사가 코난병원과 완전히 똑같아서 진저리가 났습니다. 그래도 이걸로 원인을 확실히 알면 좋겠다는 마음으로 견뎌냈습니다.

입원한 곳은 고차기능장애과 병동이었습니다. 그래서 중증 치매로 입원한 사람이 많았습니다. 내부는 아주 넓으나 미아가 되는 걸 막기 위해 그 층에서 나가려고 하면 주의를 받았고 아래로는 내려갈 수 없었습니다. 1층에는 편의점과 카페 등도 있어서 입원할 때 아내와 "이런 게 있으면 편하겠어"라는 말을 했는데 정작 승강기를 사용할 수 없으니……

입원 중, 검사할 때 외에는 그 층에서 나간 적이 없습니다. 그러다 퇴원하고 시장에 갔더니 다리 힘이 너무 약해져 깜짝 놀랐습니다. 걷는 것조차 휘청댔습니다. 나 같은 나이도 그렇게 약해지니 노인들이라면 일어설 힘이 없어지는 게 당연하겠죠.

병실은 4인실이었는데 옆 사람은 증상이 심해져 말을 해도 앞뒤가 맞지 않았습니다. 건너편 사람은 목을 수술해 위에 관을 삽입하고 있어서 목소리를 낼 수 없었습니다. 나는 그 정도로 심각하지 않은데도 1층에는 갈 수 없었습니다. 그런 까닭에 매일 혼자 지내야 했습니다.

이때 병문안을 온 사람은 부모님과 회사 상사뿐이었습니다. 아니, 단 한 사람, 예외인 친구가 있었습니다. 입원 사실을 아무에게도 말하고 싶지 않았는데 중학교 때부터 친하게 지내던 친구가 술자리가 있다며 나오라는 전화를 했기에 그에게만 입원 사실을 알렸습니다. 그러자 바로 병문안을 와줬던 겁니다.

친구에게는 괜한 걱정을 끼치고 싶지 않았기 때문에 둘이 웃으면서 솔직하게 기억력이 나빠졌다는 것과 알츠하이머일지 모른다는 사실을 모두 말했습니다. 중고등학교 때 같은 동아리에서 활동했고 친구가 20대부터 투석을 해왔기에 말하기 쉬웠을지 모릅니다.

그래도 웃으면서 살아갑니다

학창시절에는 둘 다 성적이 나빠 종종 '꼴찌 콤비'라는 말을 들었던 걸 떠올렸습니다. 그러자 그가 "너랑 나는 사회인이 되어서는 환자 콤비네"라며 웃었습니다. 그 한마디가 마음을 정말 편안하게 해줬습니다. 하지만 '알츠하이머는 곧 삶의 끝'이라는 말이 머리에서 사라진 것은 아니었습니다. 내 뇌리에 그 말이 남아 아주 짧은 순간에도 불안이 고개를 불쑥 내밀었습니다.

입원하고 2주 뒤 모든 검사가 끝나고 아내와 둘이 검사 결과를 들었습니다. 의사 선생님의 방으로 들어가자 뇌 사진과 혈액 사진을 볼 수 있었습니다. 선생님의 설명이 머리에 들어오지 않았습니다. 다만 동년배와 비교하면 뇌가 위축됐다는 설명이었습니다. 그리고 이렇게 말했습니다.

"저 혼자 결정한 게 아니고, 여러 선생님과 의논한 결과 알츠하이머로 진단했습니다."

선생님의 하얀 가운만이 눈에 들어왔습니다. 그 순간을 지금은 잘 기억하진 못하지만 선생님 입장에서는 솔직하게 말해줬던 것 같습니다. 머릿속이 하얘졌습니다. 그때 내게는 자신은 알츠하이머가 아니라고, 치매를 부정하는 마음조차 없었습니다. 그보다는 '봐, 다른 사람과 같은 건망증이 아니잖아'라고 생각했던 기억이 납니다.

코난병원에서 2주 동안 입원하고 또 대학병원에서 2주나 검사했습니다. 그 결과 틀림없다고 하니 믿을 수밖에 없었습니다. 게다가 대학병원의 많은 의사들이 의논한 결과 알츠하이머라고 결론을 내린 겁니다. 부정할 이유가 없었습니다.

그전까지 내 안에서 '알츠하이머일지 모른다'라는 생각과 '아니야, 이렇게 건강한데… 아닐지도 몰라'라는 마음이 오락가락했는데 이만큼 검사하고 나서 얻은 결론이라 의외로 순순히 받아들일 수 있었습니다.

그래도 웃으면서 살아갑니다

스마트폰 검색만 하는 불면의 밤

알츠하이머라는 소리를 듣고 물론 큰 충격을 받았습니다.

내 인생은 이제 끝났다, 수입이 끊기면 가족은 어떻게 될까, 아이들은 아직 초·중학생인데 고등학교와 대학교까지 진학할 수 있을까, 아내 혼자 부양하기 벅찰 텐데 우리 가족은 도대체 어떻게 될까……. 그런 생각이 머릿속에서 맴돌았습니다. 그때는 엄청난 병에 걸렸다는 생각밖에 들지 않아 "어떻게 하지? 어떻게 하지?"라는 말만 나왔습니다.

이때 나도 아내도 선생님의 이야기를 듣는 것만으로도 벅찼습니다. 질문할 여유 따위는 도무지 없었습니다. 한마디라도 입 밖에 꺼내면 눈물이 터질 것만 같았습니다.

아내에게 걱정을 끼치고 싶지 않아서 태연한 얼굴로 들었습니다. 문득 옆을 보자 아내가 조용히 울고 있었습니다. 그런 아내를 보니 눈물이 날 것 같았습니다. 하지만 절대 울어선 안 된다고 생각해 오로지 선생님 얼굴만 쳐다봤습니다.

아내가 내 앞에서 운 것은 이때뿐입니다. 아주 나중에야 들었지만 내가 강연을 시작하자 아내는 구석에서 내 강연을 들으면서 울기도 하고 치매인 가족 모임에서도 울기도 했답니다. 하지만 여행할 때는 언제나 환하게 웃었습니다. 내 앞에서는 늘 웃음을 보여줬던 겁니다.

이때 선생님에게 "약으로 진행을 늦추자"라는 얘기를 듣고 항치매약 아리셉트를 먹기 시작했는데 몸이 약에 적응할 때까지 시간이 걸리기 때문에 또 입원하게 되었습니다.

사실은 선생님의 얘기가 거의 머리에 들어오지 않았습니다. 이대로 계속 입원해야 한다는 사실에 절망해서 입을 열면 울 것 같은데 울면 안 된다, 아내에게 걱정을 끼치면 안 되니까 울면 안 된다 하는 생각에 그냥 선생님의 이야기를 가만히 들었습니다.

아내가 집에 가고 병원 침대에서 혼자가 됐을 때 그때까지의 긴장이 풀리면서 뭔가가 뱃속 저 아래에서부터 치밀어 올라와 눈물이 멈추지 않았습니다.

불안을 부채질하는 이야기들

앞으로 어떻게 될까? 그런 생각을 하자 무시무시한 공포가 밀려왔습니다. 밤이 되어 자려고 해도 머릿속은 불안으로 가득 차 도무지 잠들 수 없는 상황이었습니다. 그런 탓에 입원 중에는 이런

저런 실수도 했습니다.

화장실에서 큰일을 봤는데 제대로 닦았는지 안 닦았는지 몰라 속옷을 전부 더럽히기도 했습니다. 그대로 침대에 눕는 바람에 침대까지 더럽혀 간호사 선생님이 전부 교체하기도 했습니다. 처음이자 마지막 실수였는데 강한 불안 때문에 정신적으로 이상해졌는지도 모릅니다.

실수는 그것뿐이었지만 건망증은 정말 심했습니다. 간호사 선생님이 매일 병실에 올 때마다 "나, 기억해요?"라고 물었습니다. "아니요. 기억하지 못해요"라고 말할 때가 많았던 것 같은데 실제로 정말 몰랐습니다. 같은 간호사 선생님이었던 것 같은데 처음 보는 얼굴이었습니다. 그래도 퇴원할 무렵에는 기억했는데 처음에는 정말 기억할 수 없었습니다.

낮에는 병원 사람과만 얘기했기에 병에 관해서는 거의 신경을 쓰지 않았으나 밤에 자려고 하면 머릿속이 병 생각으로 가득 차, 자려고 해도 잠이 들지 않았습니다. 그때 알츠하이머는 어떤 병인지 휴대전화로 찾아봤습니다.

우선 '30대 알츠하이머'로 검색했습니다. 30대에 알츠하이머라니 아주 희귀하죠. 그다지 도움이 될 만한 정보는 없었습니다. 오히려 나쁜 정보만 눈에 들어왔습니다. 이를테면 '장년층 치매는 진행이 빠르다', '곧 아무것도 판단할 수 없게 되고 몸져눕게 된다' 같은 부정적인 정보만 있었습니다. 그나마 조금 남아 있던 희망이 점점 사라졌습니다.

'장년층 치매 수명'이라는 글이 있었습니다. 보지 않았으면 좋았을 텐데 불안한 마음에 보고 말았습니다. 그러자 거기에는 '2년 뒤에는 몸져눕게 된다'거나 '10년 뒤에는 죽는다'라고 적혀 있었습니다. 나쁜 정보만 눈에 들어와 조사하면 할수록 절망감에 빠졌습니다.

어쩌면 센다이에 병을 낫게 하는 병원이 있을지도 몰라. 그런 기대를 품고 '미야기현 알츠하이머'로 검색했습니다. 역시 좋은 정보는 없었습니다. 다만 치매인과 가족 모임 미야기현 지부의 홈페이지를 발견했고, 어쩌면 상담을 받을 수 있을지 모르겠다는 생각을 했습니다. 이곳은 치매인의 가족이 상담하는 곳이지 치매에 걸린 사람이 대상이 아닌 것 같았는데 그래도 혹시 모르니 자료를 받아볼까 생각하고 늦은 밤인데도 사무국으로 메일을 보냈습니다.

그래도 웃으면서 살아갑니다

선생님,
어떻게 하면
좋을까요?

진단 뒤에는 주치의가 매일 병실을 찾아왔습니다. 미리 묻고 싶은 것들을 노트에 메모하며 질문했습니다. 그때 가장 걱정했던 것은 아이와 회사에 어떻게 알리면 좋을까, 알츠하이머가 되면 정말 몸져눕게 되는 걸까 정도였습니다.

회사에 어떻게 병명을 알릴지는 선생님도 걱정했습니다. 병을 알리자 회사에서 해고된 사람도 있다고 들었기 때문입니다. 선생님은 신중하게 생각한 끝에 세 가지 제안을 했습니다.

첫째, 회사 사장을 병원으로 오게 해 주치의의 설명을 듣게 한다. 둘째, 산업의를 통해 회사와 얘기한다. 셋째, 직접 말하러 회사에 간다.

산업의가 어떤 사람인지 몰랐기 때문에 첫 번째 제안인 선생님이 사장에게 설명하게 하는 방법을 선택했는데 결국 선생님과 사장님의 일정이 잘 맞지 않아 조정할 수 없었습니다. 게다가 사장님에게 더는 폐를 끼치고 싶지 않아 일찌감치 포기했습니다.

몸져눕게 되느냐는 질문에 선생님은 "치매는 며칠 만에 진행되는 게 아니라 조금씩 진행됩니다. 앞으로 몸져눕게 될 가능성도 있겠으나 당장은 아닙니다"라고 말했습니다.

내 질문에 선생님이 딱 부러지게 대답해서 무척 안심했습니다. 치매에 걸린 사람이 바라는 것은 듣기 좋은 정보보다 정확한 정보가 아닐까요. 그렇지만 인터넷에서 2년 뒤에는 자리에 눕게 된다고 했던 것과 선생님의 그럴 가능성도 있다는 말 때문에 아무래도 나는 2년이 지나면 몸져눕게 되겠구나 하고 마음대로 결론 내렸습니다.

그때의 기분은 겪어보지 않고서는 알 수 없는데 그야말로 '이제 다 끝났다'라는 말이 딱 들어맞았습니다.

자고 있는 건지, 깨어 있는 건지…

주치의는 약을 먹는 것은 낫기 위해서가 아니라 진행을 늦추기 위해서라고 했습니다. 낫지 않는다면 끝이라고 생각할 수 있겠으나 그때는 그렇게까지 깊이 생각할 여유가 없었습니다.

치매 약인 아리셉트를 처방받아 3밀리그램부터 복용하기 시작했습니다. 3밀리그램은 대부분의 사람에게 부작용이 없다는데 나는 먹자마자 설사를 시작했습니다. "단노 씨는 약하네요"라는 말을 듣고 결국 10밀리그램 정도 늘릴 수 있을 때까지 입원하기로 했습니다.

1주일 동안은 3밀리그램을 계속 먹었고 다음 1주일 동안에는 5밀리그램으로, 10밀리그램이 됐을 때 퇴원한다는 것이 계획이었습니다.

하지만 검사도 끝나 아리셉트를 복용하는 것 외에는 달리 할 일도 없었기 때문에 너무 한가했습니다. 할 수 있는 거라고는 재활밖에 없었습니다. 재활이라는 게 낱말 맞추기 같은 이른바 뇌 활성화 작업이 다였는데 너무 단순한 나머지 재미가 없었습니다. 게다가 그곳은 치매 환자를 위한 병동이라 병실이 있는 층에서 밖으로 나갈 수 없었습니다. 너무 할 일이 없어 5밀리그램을 먹기 시작했을 무렵 선생님에게 퇴원하게 해달라고 부탁했습니다.

마침내 퇴원하는 날은 벚꽃이 만개한 4월이라 병실 창문으로 보이는 벚꽃이 무척 아름다웠습니다.

약의 부작용은 정말 심했습니다. 3밀리그램에서 설사와 구역질을 했는데 10밀리그램으로 늘렸을 때는 정말 대단했습니다. 머리가 멍해서 사흘 동안 침대에서 일어나지도 못했습니다. 스스로 먹어보니 약의 양을 늘릴 때와 새로운 약을 추가할 때는 세심한 주의가 필요하다고 느꼈습니다. 특히 자신의 상태를 정확하게 전달할 수 없는 사람은 더더욱.

내 경우 뇌의 움직임이 활발해져 기억력이 좋아진 듯한 느낌이 들었는데 잠을 자도 뇌가 활발하게 움직여서 수면 중에 항상 꿈을 꿨습니다. 그런데 일어나도 그게 꿈인지 현실인지 알 수 없어 한동안 혼란스러웠습니다.

참고로 여기서 꿈이란 악몽이나 즐거운 꿈이 아니라 평범한 생활을 하는 꿈입니다. 그래서 더 혼란스러웠던 것 같습니다. 어제 회사 동료와 얘기를 나눴다고 생각하고 만났을 때 말을 걸면 그런 적이 없다거나……. 머릿속에는 그와 얘기한 기억이 있는데 꿈이었던 겁니다. 꿈과 현실의 경계가 분명하지 않았습니다. 아내에게 "이 사람과 말하지 않았어?"라고 물으면 "그런 적 없어"라는 답이 돌아오곤 했습니다. 불가사의하게도 현실과 동떨어진 꿈은 꾸지 않았습니다.

약 때문인지 지금도 뇌는 항상 활발합니다. 항상 밤 9시에 자서 아침 6시에 일어나는데 그동안 내내 꿈을 꿉니다. 뇌가 활발하게 움직여 꿈을 꾼다는 것은 나도 잘 압니다. 뇌가 피곤해져 정기적으로 깨어나 머리를 쉬게 할 때도 있습니다. 다만 이전처럼 일어나도 꿈인지 현실인지 분간하지 못해 혼란스럽진 않지만 역시 잤다는 감각이 거의 없습니다.

현재는 별다른 문제없이 아리셉트와 메만토, 두 종류를 지정된 양만큼 복용하고 있는데 최대 복용량이기 때문에 주위에서 염려하기도 합니다. 하지만 줄이면 증상이 갑자기 진행되지 않을까 불안해 줄이지 못하고 있습니다. 약의 양이 많아 금방 피곤해지는 게 아닐까 생각되지만 어느 쪽이 옳은지 알 수 없으니 선생님을 믿는 수밖에 없습니다.

　그래도 웃으면서 살아갑니다

어딜 가서,
누구에게,
무엇을
물어야 할지

퇴원은 했지만 앞으로 어떻게 하면 좋을까 하는 불안이 가득했습니다. 수입이 끊기고 2년 뒤에 몸져눕는다면 가장 큰 걱정은 아무래도 가족이었습니다. 아이들을 학교에 보낼 수 있을까, 부모로서 책임을 다할 수 있을까. 미래에 관한 불안이 몰려들었지만 아무것도 할 수 없었습니다.

알츠하이머라는 소리를 들은 이상 아무래도 회사는 잘릴 것 같아 어떤 지원을 받을 수 있는지 퇴원 뒤 관공서에 가 물어봤습니다. 그런데 "장년층 치매라는 진단을 받았습니다"라고 말해도 전혀 믿지 않았습니다. "마흔 살 이하는 간병보험이 적용되지 않으니까 아무 지원도 없습니다"라는 말만 들었습니다.

'노인들이나 걸리는 병이니까 어쩔 수 없구나.' 그냥 받아들이고 관공서를 나왔는데 심경이 더 복잡해졌습니다. 마침 근처에 치매인 가족 모임 사무실이 있다는 걸 떠올리고 들러봤습니다. 나이 지긋한 직원 혼자 사무실을 지키고 있었습니다.

"누구 상담하러 왔어요? 아버지? 어머니?"

그가 내게 말했습니다.

"아닙니다. 접니다."

알츠하이머 진단을 내가 받았다고 알리자 "'치매 청년 모임'이 있으니까 가볼래요?"라고 말해줘서 바로 연락했는데 담당자와 연락이 되질 않았습니다.

"노래하는 걸 좋아해요?"

"왜요?"

"합창단이 있어요."

사실 음치라 노래를 좋아하진 않았지만 일단 휴대전화 번호를 알려주고 돌아왔습니다. 청년 모임의 담당자 와코 에이코 씨가 전화한 것은 그날 밤이었습니다. 정확한 명칭은 '장년층 치매인 들을 위한 모임 날개'였습니다.

청년 모임이라고 해서 나와 비슷한 나이 사람들이지 않을까 싶어서 "몇 살쯤 되는 사람들이 있습니까?"라고 물었는데 "음, 젊어도 예순일까?"라고 대답하더군요. 이때는 참가 여부를 애매하게 얼버무렸습니다. '일단 한 번 가보고 싫으면 그만두자.' 속 내는 그랬습니다.

와코 씨는 나중에 나의 '파트너'가 됐는데 이것이 와코 씨와 나눈 첫 대화였습니다.

그래도 웃으면서 살아갑니다

아내에게 모임에 가보고 싶다고 하자 아내는 아직 다른 사람보다 증상이 나쁘지 않으니까 모임 참석은 이르지 않느냐고 했습니다. 하지만 실은 이때 이미 아내가 뭐라고 하든지 일단 가보기로 마음을 먹었습니다. 처음에는 선뜻 내키지 않았으나 인터넷을 뒤져도 어디에 상담해야 할지 알 수 없었습니다. 그나마 희망적이었던 곳이 이곳뿐이었습니다. 병세가 진행됐을 때 아내가 상담할 곳이 없으면 곤란합니다. 참가하고 있으면 여차 싶을 때 아내에게 도움이 되지 않을까, 그렇게 생각하고 모임에 가야겠다고 결심했던 겁니다.

회사로 다시 돌아갈 수 있다고?

회사에 병에 관해 어떻게 전할지 망설였습니다. 그러다 점점 에라 모르겠다 싶은 심정이 되어 아내와 둘이 회사에 가서 솔직하게 말해야겠다고 결심했습니다. 아내도 결혼 전까지는 같은 회사에서 일했기 때문에 그게 최선이라고 생각했습니다. 어떤 결론이 나오더라도 받아들이겠다고 각오했습니다. 하지만 일을 할 수 없게 되면 지금 같은 생활도 힘들어집니다. 아내에게는 이렇게 말했습니다.

"이제 영업은 불가능할지 몰라. 하지만 세차라도 좋으니까 일하게 해달라고 부탁할 거야. 그래도 괜찮아?"

아내와 둘이 본사에 가서, 사장님 외에 중역과 인사부장이 있는 앞에서 알츠하이머 진단을 받았다고 솔직하게 전했습니다.

놀란 것은 그때 사장님의 입에서 나온 말 때문이었습니다.

"오래 일할 수 있는 환경을 만들어줄 테니까 돌아오세요. 아직 몸은 움직일 수 있죠? 본사의 총무인사 그룹으로 돌아와요. 책상을 옮기는 것부터 일이라면 얼마든지 있으니까."

책상을 옮기는 일이 정말 있을까 싶었지만 사장님은 본사 근무를 권한 것입니다. 말이 나오지 않았습니다. 세차라도 하게 해달라고 부탁할 생각이었는데 본사 근무라니! 놀라움과 기쁨이 뒤섞여 나도 모르게 눈시울이 붉어졌습니다. 그날은 아내가 운전하는 차로 회사에 갔는데 돌아오는 길에 차 안에서 너무 기뻐 울음이 멈추질 않았습니다.

그때는 몰랐는데 어느 직원이든 병에 걸려도 회사에 돌아오겠다면 누구나 돌아오게 하겠다는 것이 사장님의 생각이었답니다. 내가 특별한 경우는 아니었죠. 하지만 회사로 돌아오라는 말을 들어도 내가 과연 일할 수 있을까 걱정이 앞섰습니다. 치매라는 진단을 받고 완전히 자신감을 잃었던 겁니다.

며칠 쉬고 골든위크(4월 말~5월 초 사이 공휴일이 모여 있는 주간-옮긴이) 지나 일을 시작했습니다. 직장에 돌아온 게 기뻐서 치매라도 모두에게 인정받을 수 있을 정도로 일하려면 어떻게 해야 하나 신중하게 생각했습니다. 기억력이 나쁜 것은 영업을 할 때와 마찬가지였습니다. 그래서 하나하나 노트에 기록하면서 일하기로 마음먹었습니다.

　　　　　　　　　　　그래도 웃으면서 살아갑니다

평범한
'내'가
될 수 있는 곳

2013년 6월, 처음으로 치매인 가족 모임에 혼자 참석했습니다.

가보니 나이 많은 어르신들밖에 없었습니다. 이 자리에 들어가도 될까, 잘못 찾아온 게 아닐까 하는 불안이 밀려들었습니다. 그때 한 남성이 "여기에 앉아요"라고 말을 걸어 여러 사람 사이에 들어갈 수 있었습니다.

"누구를 간호해요?"

역시 그렇게 보이는구나 하고 생각했으나 이상한 눈으로 보는 사람도 없었고 모두 진지하게 내 얘기를 들었습니다. 치매인 가족 모임이라고 하면 자리에 누운 사람을 간병하는 이야기일 거라는, 굳이 표현하자면 어두운 이미지뿐이었는데 모두 환하게 웃고 있어서 놀랐습니다.

지금까지 알츠하이머에 관해 상담할 사람이 없어서 마음속에

쌓아두고 있었는데 이곳에 와서 처음으로 평범하게 대화할 수 있다는 사실을 깨달았습니다. 게다가 모두 다정하게 말을 걸었습니다. 이야기를 나눠보니 모두 같은 병이었습니다. 먹는 약도 나와 마찬가지. 그냥 기뻤습니다. 여기서는 부담 없이 병에 관해 말할 수 있다, 날 알아주는 사람이 여기에 있다고 느꼈습니다.

두 번, 세 번 거듭 참여하면서도 과연 나처럼 젊은 사람이 가도 좋을까 하는 생각도 들었습니다. 하지만 모두와 노래하는 게 행복했고 모두와 만나는 게 기뻤습니다. 점점 치매인 가족 모임에 참가하는 즐거움이 커졌습니다. 어느새 이 모임이 내 마음속의 든든한 지원군이 됐습니다.

혼자 여러 번 참여한 뒤 아내에게 권했습니다. 그때는 간병인과 치매인이 따로 얘기하는 모임이었는데 나중에 아내도 정말 많은 얘기를 들을 수 있었다며 좋아했습니다. 왜 이 모임을 가는지 말로는 잘 전달할 수가 없을 것 같아 어머니도 모셨습니다. 이 나이에 어머니와 함께 모임에 참석하는 게 조금 부끄럽기도 했지만 이해받고 싶은 마음이 컸습니다.

그날 돌아오는 길에 어머니께 "왜 내가 모임에 참여하는지 알겠어요?"라고 여쭤보니 이렇게 말씀했습니다.

"알아. 같은 동료가 생겨서 다행이야."

어머니께서 알아줘서 정말 좋았습니다. 지금은 그때 과감히 모임에 가길 잘했다고 생각합니다.

그래도 웃으면서 살아갑니다

아빠, 우리가 도와줄게

회사에서 해고당하지 않고 계속 일할 수 있게 되었으니 가장 큰 걱정이 해결되었지만 실은 아직 고민이 남아 있었습니다. 딸들에게 아빠가 치매라는 사실을 어떻게 전할지 몰랐기 때문이죠. 혹시 충격을 받진 않을까, 사춘기에 너무 우울해지는 건 아닐까 걱정이 되었습니다. 입원했으니까 딸들도 내게 병이 생겼다는 것은 알고 있었습니다. 하지만 어떤 병인지는 몰랐습니다. 다만 내가 기억력이 나빠지고 있다는 사실은 어렴풋하게나마 느끼고 있었을 겁니다.

의사 선생님과도 상담했습니다. 선생님은 "고등학생이 된 뒤 알려도 괜찮지 않을까요?"라고 하셨습니다. 아이들을 혼란스럽게 할 일이니 굳이 알리지 않아도 괜찮지 않겠느냐고 하셨지만 함께 생활하고 있으니까 딸들도 이상하게 여길 게 분명합니다. 게다가 그 무렵에는 내 상태가 조금 이상했습니다. 불안과 긴장 탓인지 퇴원 뒤에는 아주 작은 일에도 금방 패닉 상태에 빠졌고 가벼운 우울증을 겪기도 했습니다.

회사가 쉬는 날이었습니다. 아침에 "회사에 가야지"라며 옷을 갈아입고 있는데 아내가 "오늘은 쉬는 날이야"라고 말했습니다. 하지만 '그럴 리 없어. 가야 해'라고 생각하고 계속 옷을 갈아입었습니다. 하지만 아내는 또 "쉬는 날이니까 안 가도 돼"라고 말했습니다. 그때 무슨 착각을 했는지 "역시 회사가 더는 오지 말라고 했구나. 해고당했어. 나는 이제 쓸모가 없구나"라고 오해하고 울어버렸습니다.

집에 있으면 아무것도 할 맘이 생기지 않아 이대로 있으면 안 되겠다 싶어서 장을 보러 나간 것까지는 좋았는데 뭘 봐도 머리에 들어오질 않았습니다. 그저 가게 안을 걸어 다닐 뿐이었습니다. 집 안에서는 초조해하는 자신을 제대로 제어할 수 없었습니다. 아무도 잘못하지 않았는데 이대로는 가족들에게 화를 풀 것 같아 유성 펜으로 팔에 '화내지 말자'라고 적고 참았습니다.

밤이 돼 침대에 누우면 왠지 눈물이 쏟아지고 나쁜 일만 떠올랐습니다. 마구 엉엉 우는 게 아니라 저절로 눈물이 흘렀습니다. 앞으로 어떻게 될까, 매일 울면서 밤을 지새웠습니다.

그러던 어느 날, 회사에서 돌아오자 아이들이 웃으면서 이렇게 말했습니다.

"엄마가 울면서 아빠의 병이 뭔지 말해줬어."

놀랐습니다. 나중에 들으니 둘째가 나를 보고 이상하게 생각했는지 아내에게 "아빠, 죽어?"라고 물었다고 합니다. 알고 보니 아내가 나와 치매인 가족 모임에 갔을 때 내 병을 놓고 아이들에게 뭐라면 좋을지 상담했는데, 모임 사람들이 이렇게 조언해줬다고 합니다.

"같은 집에 살고 있으니 아이들도 알고 있습니다. 아버지가 실수하면 걱정할 겁니다. 솔직히 말하는 게 낫지 않을까요?"

그래서 아내는 과감히 딸들에게 말했다고 합니다. 그때 딸들에게 걱정을 끼치고 싶지 않아 웃으며 말했습니다.

"맞아. 기억력이 나쁜 병이니까 무슨 일이 생기면 도와줘."

하지만 아이들은 어떻게 생각할까 싶어 속으로는 조마조마했습니다. 아이들은 "알았어"라고 대답했는데 아마도 제대로 이해하진 못했을 겁니다.

큰 병이라고 이해한 것은 그로부터 조금 지나서였습니다. 장년층 치매인 남성이 주인공인 텔레비전 드라마 〈뷰티풀 레인〉의 재방송을 봤기 때문입니다. 방송을 본 뒤 둘째 딸이 아내 휴대전화에 "아빠의 병, 〈뷰티풀 레인〉과 같은 거지? 다 같이 도와주지 않으면 힘들겠어"라는 메시지를 보냈다고 아내에게 들었습니다. 그 얘기를 듣고 기쁘기도 하고 걱정하게 해서 미안한 마음에 가슴이 먹먹해져 아무 말도 할 수 없었습니다.

치매인 가족 모임에 참가하고 몇 개월이 지났을 때 합창 발표가 있어서 아내와 둘째가 함께 왔습니다. 둘째는 휴대전화로 사진과 동영상을 찍으며 "아빠, 즐거워 보이네"라며 웃었습니다.

물건을 깜박하고 모임에 갔을 때도 아내와 맏이가 가지고 왔습니다. 이때 맏이는 처음으로 모임에 왔는데 "다들 정말 신이 났네. 아빠, 좋은 데를 찾아서 다행이야"라며 기뻐했습니다. 그때까지 모임에서 뭘 하는지 몰랐던 아이들도 아빠가 즐거워하는 걸 본 뒤로는 "재밌게 놀고 와"라며 배웅해줬습니다.

처음 용기를 내 모임에 간 것이 여기까지 이어졌습니다. 과감히 한 걸음을 내디뎠던 것이 여러 사람과 만나는 계기가 됐고 그것이 잘돼 지금의 내가 있는 겁니다. 요즘은 아이들과 병 얘기를 하면서 같이 치매 프로그램을 보기도 하고, 아이들이 신문에서 치매 관련 프로그램을 찾으면 내게 알려주기도 합니다. 숨기지 않고 얘기하길 잘했다고 생각하는 동시에 주저하는 아내의 등을 밀어준 치매인 가족 모임 동료들에게 고마운 마음입니다.

그래도 웃으면서 살아갑니다

막막함이 불안을 키운다

"조기 발견이 중요하다"는 말을 자주 듣습니다. "지금은 누군가 치매임을 알아차리고 병원에 데려가는 시대가 아니다. 스스로 진찰을 받는 것이 필요하다"라고 말하는 전문가도 있지만 의문입니다.

나도 그랬지만 병원에서 의사에게 "알츠하이머가 틀림없습니다"라는 진단을 받을 때까지 아무리 기억력이 나쁘더라도 병은 아닐 거라고 생각했습니다. 다른 사람보다 기억력이 좀 나쁘네, 요즘 피곤했나, 어쩌면 스트레스일지 모른다, 이렇게 나쁜 기억력에 대해 스스로 둘러대며 웬만한 일이 생기지 않는 한 병원에 가려고 하지 않았습니다.

혹시 하는 생각이 들더라도 치매로 확정되면 일을 할 수 없게 됩니다. 게다가 약을 먹어도 낫는 병이 아니므로 무서워 병원에 갈 엄두가 나지 않습니다. 누구나 '인생의 끝'을 빨리 발견하고 싶은 마음은 없을 겁니다.

치매라는 진단을 받았을 때 아예 죽는 게 낫다고 여기는 이유는 이 병의 이미지가 매우 나쁘기 때문입니다. 앞으로 걸리고 싶지 않은 질병 목록에 치매가 반드시 들어 있습니다. "어차피 죽을 바에는 치매보다는 암으로 죽고 싶다"라고 말하는 사람도 있습니다. 나도 그랬습니다. 병이 진행되면 가족이나 주위에 폐만 끼치게 될 테니까 그럴 바에는 아예 내가 없어지는 게 낫다, 죽는 게 낫다고 생각했습니다. 그런 치매를 군이 조기에 발견하고 싶은 사람이 있을까요.

집에서는 이상한 점을 발견하지 못했는데 일하다 실수해 깨닫는 경우가 종종 있다고 합니다. 치매는 노년층이 걸리는 경우가 많아 상당히 높은 직책에 있는 탓에 부하가 상사의 변화를 알아차리려도 이상하다고 말할 수 없습니다.

진단 뒤에 회사 사람들에게 "그러고 보니 이상했어"라는 말을 들었는데 주위 사람이 이상하다고 생각해도 병원에 가보라는 말을 하기는 힘듭니다. 정말 심해진 다음 큰 실수를 해서야 발견되는 경우가 많을 겁니다.

조기에 발견하는 데 주력하면 당연히 장년층 치매 인구도 늘어날 겁니다. 그러면 진단과 동시에 일을 그만두는 사람도 늘어납니다. 그때 생계는 어떻게 유지하며, 아이는 어떻게 키우면 좋을까요? 실제로 40대에 병에 걸려 직장에서 해고된 뒤 집 안에 틀어박히게 된 사람도 있습니다. 40대가 되기 전에 발병하면 간병보험도 적용되지 않습니다.

진단을 받거나 '병인가?' 하고 깨달은 후에야 비로소 인터넷 검색을 해보는 사람도 많습니다. 나도 그랬습니다. 하지만 장년층 치매로 검색해도 부정적인 정보밖에 보이지 않았습니다. 게다가 간병인의 이야기나 중증인 사람의 정보가 중심이라 초기인 사람에 대한 정보는 거의 없었습니다.

진단 사실을 들은 본인이나 가족은 앞으로 어떻게 해야 할지 몰라 불안이 가득한데, 그 다음이 막막할 뿐입니다. 이건 옳지 않습니다. 초기인 사람이 건강하게 지내려면 좀 더 긍정적이고 평범하게 살 수 있도록 지원이 필요합니다.

지금은 자리에 누워 간호가 필요해진 뒤에야 지원이 가능한 경우가 대부분입니다. 조기에 진단되면 중증이 될 때까지의 기간이 상당히 긴데 그동안의 지원이 너무 적습니다. 조기에 진단을 받아도 지원이 없는데 왜 조기 발견이 필요할까요? 조기에 발견하길 다행이라고 생각할 만한 환경이 없다면 조기 발견의 의미는 없습니다.

실제로 치매라는 진단을 받아도 진행은 아주 느려, 초기 상태인 채로 몇 년씩 지내는 사람도 많습니다. 치매에 친화적인 사회라면 치매 진단을 받아도 '평범한 사람과 뭐가 다르겠어'라고 생각할 수 있지 않을까요.

'환자'라고
부르지
말아요

지금쯤 알아차렸겠지만 나는 치매인을 '환자'라고 말하지 않습니다. 병에 걸렸으니까 '환자'라고 해도 괜찮지 않느냐는 사람도 있습니다. 최근 나를 취재하고 쓴 기사에서도 '환자'라고 말합니다.

사전에서 '환자'를 찾아보면 '의사에게 진단이나 치료, 조언을 받고 의료서비스의 대가를 치르는 사람, 의사가 사용하는 말'이라고 실려 있습니다. '의사가 사용하는 말'인데 보통 사람도 일반적으로 사용하고 있는 겁니다.

"약을 먹고 있잖아요. 그럼 환자죠"라고도 합니다. 분명 병원에서 진료를 받고 약을 먹으니까 '환자'죠. 하지만 병원 밖으로 나왔는데도 '환자'라고 하는 것은 이상합니다. 평범하게 일하고 생활하는데 '환자'라고 부르면 치매인에 관한 편견 확대로 이어지지 않을까요.

사람들은 치매라면 중증인 사람을 떠올립니다. 치매에 관한 회의에 가면 대체로 중증인 사람을 어떻게 지원할 것인지 이야기를 합니다. '환자'라는 말은 그런 이미지를 강조할 뿐입니다. 치매라는 병을 가지고 있지만 활기차게 살아가는 사람을 '환자'라고 부름으로써 '지독한 병에 걸린 사람'이라는 이미지를 심을 가능성이 있습니다.

내 경우 건망증을 빼고는 치매가 별로 힘든 병이라고 생각하지 않기 때문에 '환자' 대신 '당사자'나 '본인' 혹은 '치매인'이라고 부르면 충분하다고 생각합니다.

내가 일하는 회사에서 동료가 나를 '환자'라고 부른다면 정말 싫을 겁니다. 이를테면 패럴림픽을 '환자들의 스포츠'라고 했을 때 위화감이 들지 않나요? 아주 사소한 단어 사용이 '치매인은 곧 큰일을 겪을 사람'이라는 이미지를 증폭시켜 부정적으로 생각하게 하는 원인이 됩니다.

어떤 사람이 나더러 뇌가 망가졌다는 말을 한 적이 있습니다. '망가졌다'라는 것은 원래의 기능을 하지 못한다는 말이겠죠. 실제로 내 뇌의 일부는 제대로 기능하지 못해 기억력이 떨어진 게 사실입니다. 하지만 전부 망가진 게 아닙니다. 걸을 수도 있고 말할 수도 있고 생각할 수도 있습니다. 그런데 전부 망가졌다는 식으로 말하면 듣는 당사자는 정말 고통스럽습니다. 시력이 나쁜 사람에게 "네 눈은 망가졌네"라고 말하나요? 안경을 쓴 사람에게 '눈이 망가진 환자'라고 말하나요?

치매에 걸린 사람에게도 감정이 있습니다. 감정이 있기에 오히려 듣고 싶지 않은 말이 있는 겁니다. 앞으로 65세가 넘으면 열 명 중 다섯 명은 치매에 걸린다고 합니다. 모두 자신의 일이 됐을 때 듣기 싫은 소리로 불쾌하지 않도록 지금부터 바꿔가고 싶습니다.

그래도 웃으면서 살아갑니다

3장

그래도 웃으면서
살고 싶어서

내 안의
단어들이
하나둘
사라질 때

2017년 3월, 치매라는 진단을 받고 4년이 흘렀습니다. 진단을 받았을 때와 비교해 "치매 증상이 진행됐는가?"라는 질문을 자주 받습니다. 주위 사람들은 내가 아무것도 변한 게 없는 것 같다며 이렇게 물어봅니다.

요즘에는 마음속의 혼란도 줄어 가끔 내가 치매가 아닌 것 같은 느낌이 들 때도 있습니다. 환경이 바뀌어 혼란도 줄었을 수 있습니다. 그렇지만 뭐가 잘못됐는지 컴퓨터를 사용할 수 없게 돼 이전의 나와는 다르다는 건 압니다. 건망증이 계속 심해지고 있는 것만은 확실합니다.

전에는 당연하게 쓰던 단어를 잊는 경우가 많아졌습니다. 조금 전까지 어떤 사람과 대화를 나눴는데 '잔업'이라는 단어가 생각나지 않아서 "잔업을 하지 않는다"는 말을 "일찍 퇴근한다"라고 바꿔 말했습니다. 지금 이 글에 '잔업'이라는 단어를 사용하고 있는데 이것도 다시 알려줘서 쓰는 겁니다. 점점 생각대로 단어를 말할 수 없게 되었습니다.

사람의 얼굴을 못 알아보는 경우도 많아졌습니다. 최근에는 특히 말할 단어를 잊는 경우가 많아졌습니다. 종이에 글자를 쓰려 해도 표현하고 싶은 단어가 나오지 않습니다. 평소 사용하지 않는 단어를 잊는 경우는 전에도 종종 있었지만 그게 아니라 늘 사용하는 단어, 예를 들어 '잔업'이나 '판매', '자동차', '옷'처럼 일상적인 단어가 나오지 않는 겁니다. 그래도 단어를 바꿔 어떻게든 의미를 전달하고 있으니까 이대로도 괜찮지 않을까 하고 반쯤 포기하고 있는데 아무래도 회사에서 '그거'나 '저거'라고 말하는 경우가 많아진 것 같습니다.

이전에는 잊으면 왜 기억하지 못할까 싶어 분하기도 하고 불안도 커져 기분이 가라앉았습니다. 요즘에는 잊거나 틀리는 경우가 많은데도 '병이니 어쩔 수 없지'라고 생각해버리니 마음이 편안합니다. 이전과 비교하면 많은 의미에서 마음이 편해졌습니다. 그런 탓에 병이 나은 것처럼 보이는지도 모르겠습니다.

다만 머리가 피곤해지면 문자를 인식하지 못하는 경우가 생깁니다. 예를 들어 '단어'라는 문자입니다. 이 한자를 몰라 컴퓨터 모니터에 크게 표시합니다. 아무리 봐도 이것은 한자라는 인식이 없어 쓸 수 없습니다. 쓰려고 하면 도형이라도 그리듯 종이에 선으로 그립니다. 그럴 때는 확실히 머리가 나쁜 상태라고 판단

　　　　　　　　　그래도 웃으면서 살아갑니다

하고 일단 히라가나로 쓴 다음에 컴퓨터로 변환해 제출하면 된다고 생각하고 별로 신경 쓰지 않습니다. 하지만 '이거 좀 이상하네'라고 생각하는 일이 상당히 늘었습니다.

최근 집에서 이런 일이 있었습니다. 단어를 뜻하는 '고토바'[こ とば]라는 히라가나를 어떻게 써야 하는지 몰라 아내에게 물었습니다.

"고토바를 모르겠어."

"뭘 모르는데?"

"히라가나라고 해야 하나, 무엇을 어떻게 써야 하는지 모르겠어."

아내가 종이에 써준 것을 컴퓨터로 쳤는데 뭔가 이상했습니다. 하지만 아내는 그런 일이 있어도 "뭐, 알려주면 되지"라는 태도라 침착합니다. 늘 내게 "괜찮아. 나한테 물으면 돼"라고 말해줍니다.

여기서는 '고토바'라는 단어를 예로 든 것처럼 문자를 인식하거나 쓰거나 하는 일이 아주 힘들어졌습니다. 그래서 집중해야하는 경우가 많아져 또 금방 피곤해집니다. 컴퓨터의 문자를 크게 해보고 있으면 옆의 동료가 걱정스러운 듯 "왜 그래?" 하고 묻습니다.

"아니. 글을 잘 모르겠어."

"아, 그래? 잠깐 쉬어."

그렇게 말할 때도 있습니다.

가끔 뭔가에 집중하고 있으면 다른 사람이 말을 걸어도 전혀 알아차리지 못합니다. "여러 번 불렀는데 돌아보지 않더라"라는 말을 듣기도 했습니다. 하지만 집중하지 않으면 일을 할 수 없습니다.

화장실에서 돌아오면 무슨 일을 하고 있었는지 잊기도 합니다. 그럴 때는 "나, 뭐 하고 있었어?"라고 옆의 동료에 묻습니다. 보통 사람은 집중하지 않아도 어느 정도 할 수 있지만 내내 집중하지 않으면 할 수 없습니다.

집중할 수 없게 돼 가장 곤란한 것이 긴 메일 쓰기입니다. 나중에 적겠지만 최근 오렌지도어에 당사자 가족으로부터 상담 메일이 자주 옵니다. 그것을 읽고 답장하는 일이 많아져 힘듭니다.

특히 작은 글자로 가득 적힌 메일은 읽다가 피곤해집니다. 하지만 무조건 읽어야 하므로 일단 인쇄해 아침에 일어나면 회사에 오기 전에 제일 먼저 읽거나 지하철에 탄 동안 읽습니다. 하지만 그 이상은 힘들 때가 많습니다.

그래도 웃으면서 살아갑니다

커피 맛이
이상해져도
신경 쓰지 않아요

지금은 병원에 두 달에 한 번씩 다닙니다. 얼마 전에도 뇌 MRI를 찍었습니다. 뇌는 여전히 줄어들고 있지만 3년 전과 비교해 그리 큰 변화는 없다고 합니다. 다양한 활동을 하고 즐겁게 생활하고 있어서 진행이 늦어지는 거라는 말을 들었습니다. 하지만 치매가 틀림없답니다. 강연 같은 데서 떠들고 있으면 '나, 정말 치매일까?'라는 생각이 드는데 병원에서 치매라는 말을 들으면 새삼 '아, 그렇구나!' 하고 이해합니다.

병을 받아들이는 게 중요합니다. 하지만 나이가 젊고 외모도 평범한 데다 늘 웃고 있기 때문인지 "단노 씨는 치매가 아니야. 오진이 분명해"라고 말하는 사람이 종종 있습니다. 마음은 고맙지만 사실 당사자에게 매우 가슴 아픈 말입니다. 누구도 이렇게 되고 싶어서 된 게 아닙니다. 건강한 사람과 다른 증상이 있었기 때문에 의사에게 치매라는 진단을 받은 겁니다. 건강한 사람과는 다른 어떤 것을 느끼고 있는 게 사실인데 그건 병이 아니다, 부정을 당하면, 그럼 이 건망증은 대체 뭐냐 하는 생각이 들면서 혼란스러워집니다. '대체 이건 뭐야, 누가 설명 좀 해봐!' 하며 분노가 치밀어 오릅니다.

"건망증은 흔한 거야"라는 말도 정말 많이 듣습니다. 그렇다면 왜 다들 병원에 가질 않나요? 나는 이렇게 힘든데 다들 힘들지 않나요? 불안해하는 것은 나뿐인가 하는 생각에 점점 초조해집니다.

잊어버려도 되는 것은 그냥 내버려두기

아침에 일어나 제일 먼저 하는 일은 커피를 타는 겁니다. 전에도 그랬고 지금도 마찬가지입니다. 커피메이커에 나와 아내가 마실 커피를 넣는 것까지는 같은데 전과 다른 점은 물을 넣을 때가 되면 커피를 몇 숟가락 넣었는지 잊습니다. 그래서 늘 대체로 아주 대강 커피를 내립니다. 어떨 때는 너무 짙고 어떨 때는 너무 연하지만 별로 신경 쓰지 않기로 했습니다.

토스터로 빵을 구울 때도 빵을 굽고 있다는 걸 완전히 까먹어 새카맣게 태운 적도 있습니다. 그게 싫어서 지금은 빵을 구울 때 옆에서 내내 지키고 있습니다.

커피가 완성되면 컵에 부어 테이블에 놓고 바로 자리에 앉는 게 가장 좋은데 문득 다른 게 생각나면 커피를 들고 있다는 사실

그래도 웃으면서 살아갑니다

도 잊습니다. 어라, 누가 커피를 타줬지? 아내인가?

"커피 타줘서 고마워."

아내에게 말하면 아내는 웃으면서 말합니다.

"응, 그런데 당신이 직접 탄 건데."

실수해도 아내는 늘 웃으며 응해주기 때문에 별로 신경 쓰지 않습니다.

옷을 갈아입는 것부터 출근 준비는 전부 혼자 할 수 있습니다. 식후에 이를 닦는데 양치질을 했는지 안 했는지 잊어버려 여러 번 닦고 있으면 "아까도 닦았어"라는 소리를 듣지만 물론 기억하지 못합니다.

약은 거실에서 가장 눈에 잘 띄는 곳에 1주일 분량을 나눠 넣어둡니다. 혼자 살지 않으니까 먹었는지 확인하려고 아내에게 물어봅니다. 만약 먹는 걸 잊어도 가족이 "안 먹었어"라고 알려주기 때문에 잊는 일은 거의 없습니다. 출장을 갈 때는 약통을 가지고 갑니다. 하지만 아침에만 먹고 저녁에는 거의 까먹습니다. 그것도 신경 쓰지 않습니다. 까먹는 것은 어쩔 수 없으니까요.

모든 준비를 끝내고 이제 나가려고 해도 집을 나가는 시간이나 버스 시간을 잊습니다. 그래서 거실 한가운데에 메모판을 놓고 버스 시간표와 '7시 20분에 집을 나가 버스를 탄다'라고 적은 종이를 붙여놓았습니다. 나만의 전용 달력도 있습니다. A4 크기에 한 달의 일정을 적습니다. 거실 한가운데 붙인 것은 아이들과 아내도 그 일정을 보고 "아빠는 내일 어디에 간다"라고 대화할 수 있기 때문입니다. 달력을 늘 보면서 일정을 확인하거나 지각을 막습니다.

출근할 때 가지고 다니는 물건은 정기권과 휴대전화, 지갑입니다. 이 세 가지만은 잊지 않으려고 합니다. 예전에 집을 나갈 때는 가방 안에 안 넣고 가는 물건은 없는지 불안해 수없이 확인했습니다. 하지만 정기권, 휴대전화, 지갑이라는 세 가지 세트만 있으면 회사에 갈 수 있다는 걸 알고 난 뒤부터는 마지막에 이 세 가지만 확인하기로 했습니다.

지갑과 휴대전화는 항상 가방 안에 넣어둡니다. 정기권은 잊지 않도록 끈으로 가방과 묶어뒀기 때문에 찾을 필요가 없습니다. 가방만 들고 있으면 잃어버릴 염려는 없습니다. 처음에는 목에 걸고 다녔는데 벗으면 어디에 뒀는지 잊어버릴 수 있기도 하고, 내가 사용하는 스이카(Suica) 정기권은 목에 매단 줄을 잡아당기지 않으면 터치하기 어렵다는 것을 깨닫고 가방에 달기로 했습니다.

이 밖에도 USB와 수첩, 인감 등도 들어 있는데 이 가방만 있으면 어디든 가서 무엇이든 할 수 있습니다.

그래도 웃으면서 살아갑니다

스마트폰이
도와주는
일정 관리법

앞에서 이야기한 와코 에이코 씨는 '장년층 치매인을 위한 모임 날개'에서 일하시는 분으로 치매인과 가족 모임 미야기현 지부 대표입니다. 나이가 지긋한데 매우 성실해 모두의 신뢰를 받고 있으면서도 살짝 덜렁대는 부분도 있어서 활동 지원자라기보다는 '파트너'라고 부릅니다. 물론 여러 가지를 배웠지만 와코 씨가 잘 모르는 디지털 쪽은 내가 알려줍니다. 와코 씨에게 라인(LINE) 사용법을 알려준 것도 나였습니다. 내 일정 관리는 와코 씨가 있기에 가능합니다.

와코 씨에게는 누구와 약속했는지 반드시 라인으로 보냅니다. 약속 전날에 "내일, 몇 시에 어디"라고 다시 알려주기 때문에 아주 잘 지키고 있습니다. 내 수첩과 와코 씨의 수첩을 항상 비교하는데, 와코 씨가 아주 꼼꼼하게 일정을 관리해서 두 가지를 조합

하면 나도 일정을 잘 관리할 수 있습니다. 일정을 관리하는 수첩은 딱 한 권입니다. 여러 권을 가지고 있으면 뭐가 뭔지 알 수 없어지기 때문입니다.

참고로 나는 치매 진단을 받기 전부터 스마트폰을 사용했습니다. 이것도 정말 여러모로 활용하고 있습니다. 이를테면 얼마 전 강연을 갔던 호텔에서 와코 씨가 "단노 씨는 아침 식사에 시간 맞춰 잘 오는데 어떻게 기억해?"라는 질문을 했습니다. 사실 기억할 리가 없죠.

"스마트폰에 전부 알람이 울리도록 했어요."

와코 씨와 약속하면 바로 알람을 설정합니다. 8시에 아침 식사 약속을 하면 아침 7시와 7시 50분에 알람이 울리게 합니다. 7시에 일어나 첫 알람을 _끄고_ 준비한 뒤 7시 50분에 알람이 울리면 아래 식당으로 내려갑니다.

처음 가는 장소나 강연회장에 갈 때도 스마트폰 내비게이션을 길 안내에 활용하고 있습니다. 회식 때도 가게 이름만 알면 갈 수 있습니다. 혼자 쇼핑을 하러 가면 헤맬까 봐 걱정이지만 내비게이션이 있어서 안심합니다. 이렇듯 스마트폰은 치매인에게 가장 도움이 되는 도구입니다. 다만 내가 이렇게 사용하는 것은 치매가 되기 전부터 사용하고 있었기 때문이고, 치매 진단을 받은 뒤에 사용법을 배우려면 쉽지 않습니다. 치매가 되기 전에 익숙하게 사용할 수 있도록 해둬야 합니다. 그러면 치매에 걸려도 스마트폰을 활용하여 평범한 일상을 계속할 수 있습니다.

이런 지원 도구를 활용하는 것은 치매인만이 아닐 겁니다. 예를 들어 나이가 들면 눈이 어두워집니다. 하지만 아이패드와 같은 태블릿 컴퓨터를 사용하면 쉽게 글자를 확대할 수 있어서 그리 힘들지 않습니다.

어느 날, 데이 서비스에 아이패드를 가져온 할머니를 만났습니다. 그걸로 사진을 찍어 손자에게 보낸다는데 데이 서비스 시설에는 와이파이(Wi-Fi)가 터지지 않았습니다. 그보다 그곳 시설에서 일하는 사람들에게는 와이파이를 도입한다는 생각 자체가 없습니다. 앞으로는 아이패드나 스마트폰 같은 도구가 치매에 걸린 사람이나 고령자에게도 필요한 시대가 옵니다. 그런 사람들을 위한 아이패드 교실을 열어도 좋지 않을까요?

와코 씨도 처음에는 페이스북이나 라인을 무섭다며 쓰지 않았는데 지금은 "이렇게 좋은 게 없어!"라고 말합니다. 그에게 종종 이렇게 웃으며 말하곤 합니다. "와코 씨도 치매에 걸리면 이게 정말 유용할 거예요"라고.

운전을
포기하고
잃어버린 것

✳

영업할 때 매일 차로 수십 킬로미터를 달렸습니다. 하지만 치매가 된 뒤로는 사고를 일으키면 안 된다는 생각에서 차간 거리를 넓게 두거나 브레이크를 빨리 밟으려고 했습니다. 옆에서 끼어들지는 않을까 신경을 쓰고요. 그래서 10분만 운전해도 피곤해지고 점점 머리가 무거워지다가 아프기까지 했습니다. 그런 까닭에 회사에 도착하면 바로 피곤해져 한동안 주차장에서 눈을 붙인 뒤에 출근하기도 했습니다.

왜 그렇게 피곤했는지 모르겠습니다. 회사에 가는 길도 틀리지 않았고 머리가 피곤한 것 외에는 문제도 없었는데 아무것도 생각할 수 없을 정도로 피곤해졌습니다. 아마도 사고를 일으켜서는 안 된다는 심리적 압박과 교통 정체가 심했기 때문이었겠지요. 운전이라는 게 상당히 머리를 쓰는 일이라는 것을 그때 깨

　　　　　　　　　　　그래도 웃으면서 살아갑니다

달았습니다.

퇴근길은 일이 끝나 몸도 머리도 피곤했습니다. 그래서 집에 올 때까지 세 번 정도 편의점에서 휴식을 취하면서 돌아왔습니다. 그런 일이 매일 벌어지니까 운전이 점점 불편해졌습니다.

상사에게 그런 말을 하자 바로 사장님에게 전했습니다. "사고를 일으키면 회사도 곤란해지니까 전철로 다녀요. 그 대신 천천히 와도 되고 빨리 가도 되니까"라는 말을 들었습니다. 그래서 통근은 대중교통을 이용하기로 했습니다.

회사 출퇴근 이외에 골프나 보디보드(엎드려서 타는 작은 서핑보드-옮긴이), 스키에 갈 때도 차를 이용했습니다. 운전을 아주 좋아했습니다. 스포츠카를 타고 드라이브를 한 적도 있었습니다. 이제는 그게 불가능하다니…….

화가 났으나 가족이나 회사에 폐를 끼칠 수는 없었습니다. 얼마 뒤, '이제 곧 면허 갱신이니 그만하자'고 결심하고 운전면허센터에 갔습니다. 별실로 불려가 계속 운전하려면 진단서를 가져와야 한다는 소리를 들었지만 그렇게까지 해서 운전하고 싶지 않았기 때문에 면허증을 반납하기로 마음먹었습니다.

폭스바겐 영업 때는 비틀을 탔는데 이때는 스페이드라는 차를 타고 있었습니다. 산 지 아직 1년도 되지 않은, 내가 직접 손을 본 아주 멋진 차였습니다. 결국에는 아내의 차를 팔고 내 차를 남겼는데 집에 있을 때는 아내가 운전해줬습니다.

아내가 운전할 때 나는 옆자리에 타지 않습니다. 조수석에 있으면 기어이 "위험해!" 혹은 "좀 더 빨리!" 하고 잔소리를 하고 맙니다. 갑자기 뭐가 튀어나오지는 않을까, 브레이크를 늦게 밟지는 않을까, 아내의 운전이 신경 쓰여 애써 운전까지 해주는데도 불구하고 오히려 더 피곤해지고 맙니다. 보지 말아야지 하고 생각하면서도 먼저 말이 나가고 말았습니다. 아내도 싫은 내색을 해서 지금은 뒷자리에 앉아 차와는 관계없는 생각을 하고 있습니다.

버스와 지하철 등 대중교통을 이용하게 되면서 행동 범위가 좁아졌는데 그 대신 지금까지 알지 못했던 가게를 발견하기도 했습니다. 다만 운전하지 않으면서 편의점에 가는 횟수가 줄어들어 괜한 소비가 줄었습니다. 회사에서 모두가 편의점 신제품을 화제로 얘기해도 참여하지 못하는 게 유감이지만 말이지요.

치매에 걸리면 운전은 절대 못하는 걸까?

차가 없으면 생활 자체가 이루어지지 않는다고 생각하는 사람이 많을 겁니다. 나 같은 경우는 그래도 센다이라는 도시에 사니까 대중교통으로 이동할 수 있습니다. 하지만 시골에서는 그렇지 않습니다.

미디어에서는 치매인의 교통사고를 자주 보도합니다. 분명하게 말하진 않지만 치매인에게 운전시켜서는 안 된다는 분위기가 전해집니다. 정말 그럴까요? 치매인이 차를 사용하고자 하는 목적 대부분은 쇼핑입니다. 장소에 따라 다르나 쇼핑의 범위라고 하면 3~4킬로미터 정도죠. 그 정도라면 운전을 시켜도 괜찮다고 생각합니다. 물론 영국처럼 그 전에 실지시험(實地試驗)을 받아야겠지만 말입니다.

치매인이 운전을 하면 배회하듯 여기저기 마구 달릴 거라고 생각합니다. 하지만 실제로는 쉽게 피곤해지기 때문에 장시간 운전 자체가 불가능한 일입니다.

나 역시 자동차 회사에서 일하고 있어 조사해본 적이 있는데 치매인과 고령자의 사고가 늘어나고 있지는 않습니다(그러나 65세 이하의 사고는 감소하고 있어서 경찰청은 '상대적 증가'라는 단어를 사용하고 있다). 그런데 왜 '치매인과 고령자 운전 반대' 같은 캠페인을 하는 걸까요?

불안하다면 면허를 갱신할 때 실지시험을 받게 하는 방법이 있습니다. 아까도 말했듯 영국에서는 치매 진단을 받으면 실지시험을 보고 합격하면 행동 범위는 한정되나 면허는 갱신됩니다.

일본도 마찬가지로 치매인과 고령자는 1년에 한 번씩 시험을 받아 합격한 경우에 한해 갱신하도록 하면 되지 않을까요. 장거리 운전을 막고 쇼핑을 하고 싶은 가게나 다니는 병원의 범위에서 인정하는 겁니다. 그 정도 범위라면 치매인도 그리 헤매진 않을 겁니다. 그게 귀찮은 사람은 차를 타지 않을 테고 그래도 타야겠다는 사람은 시험을 보도록 하는 것이지요.*

- 1998년에 『나는 누가 되어가고 있지?』(한국어판 제목은 『치매와 함께 떠나는 여행』)를 출판해 세상을 놀라게 했던 오스트레일리아의 크리스틴 브라이든은 1995년, 마흔여섯 살에 치매 진단을 받았다. 그 뒤 22년이 지났는데 지금도 차를 운전하고 있다. 오스트레일리아에서는 1년에 한 번씩 의사의 진단을 받고 통과하면 운전할 수 있도록 허용된다고 한다. 그 테스트 방법에 관해서 크리스틴은 이렇게 말했다.

"먼저 익숙하지 않은 차에 타고 실지시험을 받아야 합니다. 그다음 다른 방에서 작업치료사가 진행하는 시험이 있습니다. 예를 들어 교차로 사진을 보여줍니다. 많은 차가 달리고 있는 사진인데 그 뒤에 '교차로에 버스가 있었나요?', '오토바이는 있었나요?'라는 질문을 합니다. 이런 시험을 지금 정기적으로 받고 있습니다. 자동차 운전은 인권 문제이며 자립과 관련된 문제라고 생각합니다. 오스트레일리아에서는 스스로 운전할 수 있음을 증명하면 운전을 계속할 수 있는데 아주 고마운 일입니다."

그녀는 스스로 '피곤할 때는 운전하지 않는다', '자신의 집 주변, 근처만 운전한다' 등의 규칙을 정해놓았다고 한다. 차를 타고 돌아다니거나 차를 타고 멀리 가는 일은 드물었다.

그래도 웃으면서 살아갑니다

치매에
걸렸어요,
도와주시겠어요?

차 대신 대중교통으로 통근하기 시작할 무렵이었습니다. 익숙하지 않았기 때문인지 환승역이라고 착각하고 다른 역에 내렸는데, 내가 어느 역에 있는지 몰라 패닉 상태에 빠졌습니다. 회사에 가는 방법을 까먹고 당황한 적도 두어 번 있습니다.

그럴 때는 옆에 있는 사람이나 지나가는 사람에 물어봅니다. 넥타이를 매고 양복을 입은 남자가 "제가 지금 회사에 가는데 어느 역에 내리면 좋을까요?" 이렇게 물으면 놀리는 게 아닐까 생각할 겁니다. '무슨 소리야? 나를 바보로 아나?'라고 말하는 것 같은 표정으로 나를 보는 경우가 있습니다.

그렇지만 어디 있는지 모르고 가는 곳도 잊었으니 누군가의 도움을 받는 수밖에 없습니다. 그래서 병을 공개하고 사람들에게 물어보기로 했습니다. 이를 위해 스스로 카드를 만들었습니다.

"장년층 치매를 앓고 있습니다. 도와주세요."

이외에도 버스, 지하철, 센다이선의 승차와 하차 역이나 회사 주소를 적었습니다. 통근 중에 스스로 어디 있는지 모를 때는 이 것을 보여주고 도움을 청했습니다.

처음에는 불안했습니다. 처음으로 이 카드를 보여주고 "지금 회사에 가려고 하는데"라고 하자 '아 그랬구나!' 하는 표정으로 "여기부터 세 정거장을 더 가서 내리면 돼요"라고 친절하게 알려 줬습니다.

카드를 가지고 있을 때와 가지고 있지 않을 때 사람들의 반 응은 완전히 다릅니다. 카드를 보여주기만 해도 이해한다는 표 정이 돌아옵니다. 그런 경험 덕분에 앞으로는 자신이 치매라는 사실을 숨기지 말고 당당하게 이 카드를 사용하자고 결심했습 니다.

낯선 사람들도 도움을 청하면 모두 다정하게 알려줍니다. 역 이름을 잊어버려 어떻게 하나 하고 생각했을 때 옆에 앉은 여성 이 "저도 그 역에서 내리니까 같이 가요"라고 말했습니다. 사람 들은 남을 도와주고 싶어도 어떻게 해야 할지 모를 때가 많습니 다. 구체적으로 뭘 할 수 없는지 알려줘야 도움을 받을 수 있다는 것도 알았습니다. 또 주위 사람에게 도움을 받으면서 이 병을 숨 길 필요가 없다는 것도 실감했습니다.

친구들에게 이 카드를 보여주면 "부적 같은 거야?"라는 말을 자주 듣는데 실제로 그렇습니다. 역 구내에서 어디가 어딘지 알 수 없어져 역무원에게 울면서 이 카드를 보여주고 돌아오는 길을 되찾은 적도 있습니다. 내가 계속 회사를 다닐 수 있었던 비결 중 하나기도 합니다.

길을 잃지 않는 출퇴근 방법

집을 나와 버스 정류장을 보면 언제나 같은 장소에서 타는 사람이 있습니다. 그 사람을 보면 이 버스가 맞구나 하고 안심할 수 있습니다. 하지만 늘 그가 있는 건 아닙니다. 그 사람의 일정이 바뀌거나 해서 안 보일 때는 아침부터 아주 불안해집니다. 그가 버스에 타고 있는 것을 보면 안심이 됩니다.

버스에서 내린 뒤에는 지하철 이즈미 중앙선으로 갈아탑니다. 버스는 종점에서 내리기 때문에 도착할 때까지 그냥 타고 있으면 되니까 불안하지 않습니다. 문제는 지하철입니다. 집에서 이즈미 중앙선까지 버스를 타고 가, 이즈미 중앙선에서는 지하철로 센다이역까지 갑니다. 여기서 내려 JR 센다이선의 오바도오리역에서 회사와 가장 가까운 역으로 갑니다. 그런데 지하철에서 내려야 하는 역을 잊어버릴 때가 있습니다. 처음으로 잊었을 때는 패닉 상태가 됐습니다.

그런 일을 막기 위해 지금은 가장 마지막 칸에 탑니다. 마지막 칸은 센다이선의 승차장과 가까워 헤맬 일이 없기 때문입니다. 가운데 칸에 타면 센다이역에 도착해도 어느 쪽으로 가야 할지 종종 잊어버립니다.

만약 버스가 늦어 전철이 떠날 것 같아 서둘러 가운데 칸에 타면 다른 역에서 내리기 쉽습니다. 그러므로 열차가 떠날 것 같을 때는 조금 늦더라도 다음 차를 탑니다. 지금은 센다이선으로 잘 갈아타지만 만약을 위해 한 번 정도 틀리더라도 제시간에 도착할 수 있는 시간에 집을 나섭니다.

JR 센다이선을 탈 때 스이카 정기권을 이용해야 하는데 지하철 카드를 넣어버려 입구에서 덜컥 출입이 막히는 경우가 자주 있습니다. 예상 밖의 일이 벌어지면 크게 당황하게 됩니다. 하지만 지금은 바로 기분을 전환해 그다지 신경을 쓰지 않습니다. 뒷사람에게 폐를 끼쳐서 미안하지만……. 때때로 자신이 어디 있는지 잊어버리고 내려야 하는 역을 모를 때도 있지만 지금은 그럴 때 반드시 다른 사람에 물어봅니다.

치매에 걸리면서 내 안의 시간 감각이 전과 완전히 달라졌습니다. 정신을 차려보면 어느새 내려야 하는 역에 도착했을 때도 있고, 반대로 장거리 열차에 탄 것처럼 길게 느껴져 혹시 다른 노선을 탄 게 아닐까 하고 초조해지기도 합니다. 그럴 때는 반드시 역 이름을 확인합니다. 이제 다 왔다는 생각이 들어도 내리기 전에 우선 역 이름을 확인하고 내립니다. 전철을 타고 내리는 것만으로도 두뇌를 풀가동하는 겁니다.

센다이선의 역에서 내리면 회사까지 걸어서 15분 정도인데 회사까지 가는 길은 한 번도 헷갈린 적이 없습니다. 스스로도 의아할 정도입니다.

　그래도 웃으면서 살아갑니다

회사에 도착해 계단을 오를 때 만나는 사람에게 "좋은 아침입니다!"라고 인사하지만 실은 나중에 '방금 저 사람이 누구더라?' 하며 이름이 기억나지 않는 경우가 종종 있습니다. 하지만 이것도 최근 들어서는 신경을 쓰지 않습니다.

우리 부서는 3층에 있는데 계단을 오르는 중에 2층인지 3층인지 불안해져 일단 2층에 멈춰 확인한 후 3층으로 갑니다. 3층에 도착하면 내 자리가 정말 여기가 맞는지 다시 불안해집니다. 내 자리를 찾아가지 못한 적이 한 번 있었기 때문입니다.

다음에 만날 때는 기억 못할지도 몰라요

통근 도중에 영업하던 시절의 고객을 만날 때가 있습니다. 그럴 때 "안녕하세요?" 하고 고객이 말을 걸어오는데 기억하지 못하기도 합니다. 사람의 얼굴과 이름을 기억하는 게 점점 어려워지고 있습니다.

최근에는 "단노 씨, 건강해요?"라는 말을 들어 혹시 고객인가 해서 다 안다는 듯 "오랜만입니다. 전 건강합니다"라고 웃으며 대답하고 헤어졌습니다. 하지만 헤어진 뒤 아무리 생각해도 누구인지 기억이 나지 않았습니다. 기억하려고 하니까 머리가 아파질 정도로 피곤했기 때문에 될 수 있으면 생각하지 않기로 했습니다.

반대로 거리에서 '이 사람은 아는 사람인가?' 싶어서 말을 걸었는데 아니었던 적이 있습니다. 왠지 내 기억에서 아는 사람의 얼굴로 잘못 인식했던 것 같습니다. 특히 사람의 얼굴을 기억하지 못하기 때문에 어디를 가든 아는 사람으로 보고 맙니다.

이 사람이 누구였더라?

무표정하게 있으면 어쩐지 기분이 가라앉습니다. 그래서 회사에 가서도 웃는 얼굴로 있으려고 합니다. 회사에 출근하면 커다란 목소리로 "좋은 아침입니다!"라고 인사합니다. 이렇게 기분을 조금 끌어올리면 동기부여도 잘 됩니다. 이 점을 늘 명심해두려고 합니다. 회사 사람과 자주 얘기를 나누는 것도 말없이 있으면 쉽게 우울해지기 때문입니다.

간혹 회사 안에서 '이 사람이 누구지?'라고 생각할 때가 있습니다. 내게 말을 거는 걸 보니 내가 아는 사원일 텐데 이름이 기억나질 않습니다. 동료라면 그래도 괜찮은데 늘 같이 일하는 상사의 이름을 까먹기도 합니다. 그래서 책상 위에는 조직도를 두고 바로 확인할 수 있도록 했습니다. 용건을 꺼내려는데 상대의 이름이 기억나지 않으면 조직도로 확인한 뒤에 찾아갑니다.

때때로 사장님 얼굴도 잊어 곤란할 때가 있습니다. '이 사람, 높은 사람인데' 이런 느낌은 드는데 누군지 몰라 옆에 있는 사람에게 "저 사람, 누구야?"라고 물으면 "사장님이야" 하며 웃습니다. 사장님의 얼굴을 잊다니 원래는 한소리 들어야 정상일 텐데 우리 회사는 웃고 마니까 오히려 괜찮다는 생각이 듭니다.

물론 그중에는 화를 내는 사람도 있습니다. 직책을 틀렸다고 화를 내는 사람이 있으면 정말 긴장됩니다. 하지만 얼굴을 모르는데 직책을 기억할 리 만무합니다. "아니지!"라고 화를 내면 사과하는 수밖에 없지요. 하지만 그 정도는 봐줬으면 좋겠습니다.

사람의 얼굴과 이름 가운데 어느 쪽을 잘 잊느냐고 물으면 얼굴을 잊는 경우가 더 많은 것 같습니다.

내 자리는 3층입니다. 3층 사람들은 늘 얼굴을 봐서 그런지 기억하는 경우가 많지만 2층 사람은 얼굴이나 이름을 잊는 경우가 있습니다. 그래서 "이걸 2층 직원 ○○에게 가져다줘요"라는 말을 들으면 사원 좌석표를 들고 갑니다.

어디선가 본 것 같은 느낌은 듭니다. 다만 회사에 있으면 사원이겠지 하고 짐작해버려 업체 사람이나 고객이 와도 사원으로 착각하는 경우가 종종 있습니다.

가끔 업체 사람과 얘기를 해야 할 때가 있는데, 머릿속에서 얼굴을 완전히 잊어버렸기 때문에 봐도 기억할 수가 없습니다. 주위 사람들이 알려줘야 겨우 알아차리는 정도입니다. 최근에는 업체 사람에게 폐를 끼치지 않도록 "사람의 얼굴을 잊어버리는 병이니까 다음에 만났을 때 기억하지 못할 수도 있습니다"라고 미리 양해를 구하기도 합니다.

이런 일은 회사 밖에서도 마찬가지입니다. 늘 도와주는 이웃이 있는데 정작 얼굴을 보면서 '이 사람 누구지?' 하고 헷갈릴 때가 있습니다. 오랜만에 만난 사람으로부터 "얼마 전에는 고마웠

그래도 웃으면서 살아갑니다

어요"라는 말을 듣고서야 '아! 전에 왔던 사람이 이 사람이구나!' 하고 겨우 얼굴과 기억을 떠올린 적도 있습니다.

억지로
기억하면
문제가 생긴다

늘 긴장하고 있는 탓인지 머리가 무거운 상태가 이어지고 일이라도 하면 더 무거워집니다. 하품하는 일도 늘었습니다. 그럼 아무것도 하고 싶지 않아집니다. 아니, 할 수 없어집니다. 그때는 눈을 감고 잠시 머리를 쉬게 하면 회복됩니다. 옛날 차는 오래 달리면 종종 과열돼 멈춰버렸는데 그와 마찬가지죠. 뇌가 과부하 걸려 타버리기 전에 스위치를 끄고 쉬게 해야만 합니다. 그런 일이 하루에 몇 번씩 일어납니다.

뇌가 풀가동하고 있을 때는 말할 것도 없고 치매를 안고 살며 늘 불안과 스트레스가 뒤섞인 상태라 뇌가 금방 피곤해지는 것 같습니다.

먼저도 밝혔듯 잊어버린 것을 억지로 기억하려고 하면 내 뇌는 완전히 다른 것을 떠올리고 맙니다. 완전히 다른데 그것을 정

그래도 웃으면서 살아갑니다

답이라고 생각하는 것은 왜일까요? 틀려놓고 전혀 깨닫질 못합니다. 지그소 퍼즐에 비유하면 형태가 비슷한 조각을 억지로 끼워 넣고 완성됐다며 좋아하는 꼴입니다.

틀렸으면서 틀렸다고 생각하지 못해 실수합니다. 실수했다는 사실은 알기에 자신의 기억에 자신이 없어집니다. 그래서 늘 불안합니다. 길을 걷고 있으면 모두 다 아는 사람 같아서 정말로 어떤 사람이 지인인지 알 수 없게 됩니다. 직장에서는 틀리지 않았나, 잊지 않았나 하는 불안이 들면 확인하면 그만이지만 걸어가는 사람들을 일일이 확인할 순 없습니다. 그게 또 불안을 부채질합니다.

내 머리를 위한 휴식 시간

최근 텔레비전에 출연했던 이후로 "텔레비전에 나오는 거 봤어요"라며 말을 걸어오는 사람이 늘었습니다. 상대가 내 병을 안다는 생각에 "죄송하지만 누구신지 기억나지 않아요"라고 가볍게 얘기할 수 있게 됐는데 처음에는 잊어선 안 된다는 생각에 거리를 걷고 있으면 죄다 아는 사람으로 보였습니다. 저쪽에서 누가 걸어오는데 '아는 사람인가? 어쩌지? 말을 걸어야 하나?'라고 생각하다가 그냥 지나쳐 아아, 내 기억이 틀렸구나 하고 정신을 차리기도 했습니다.

아내와 함께 있을 때는 아내에게 "그 사람, 친구지?"라고 확인할 때도 있습니다. 별일 아니지만 그런 일이 이어지면 금방 피곤해집니다. 그래서 최근에는 내가 먼저 말을 거는 걸 포기했습니다.

일을 끝내고 집에 갔을 때 아내에게 "미간에 잔뜩 주름이 잡혔어"라는 말을 종종 듣습니다. 그럴 때는 머리가 무거워 소파에 쓰러져 그만 잠들어버립니다. 머리를 쉬게 하지 않으면 다음 행동으로 넘어갈 수가 없습니다. 지독하게 피곤한 나머지 집에 돌아와서 40분에서 한 시간 정도 쉬지 않으면 저녁도 못 먹을 때가 있습니다.

그래도 웃으면서 살아갑니다

일찍
잠자리에
드는
이유

밤에는 아무 일도 할 수 없습니다. 컴퓨터를 켜는 데만 한참 걸립니다. 메일을 보내도 '주소가 바르지 않다'라는 메시지가 뜨고 반송됩니다. 문장이나 메일 주소를 제대로 누르지 못하는 겁니다.

식사가 끝나면 소파에서 잠깐 쉽니다. 텔레비전을 켜도 드라마 같은 걸 봐도 머릿속에 전혀 들어오지 않습니다. 보고 싶어서 텔레비전을 켰는데도 정신을 차려보면 어느새 프로그램은 끝나 있습니다. 물론 어떤 내용이었는지 머리에도 남지 않습니다.

신문이나 잡지를 읽어도 마찬가지입니다. 읽긴 읽을 수 있으나 내용이 전혀 머리에 들어오질 않습니다. 그저 막연하게 페이지만 넘기고 있을 때가 있습니다.

DVD를 봐도 30분 정도 지나 정신을 차리면 지금 뭘 보고 있는지 줄거리를 잊었기 때문에 다시 돌려 중간부터 보는 수밖에 없습니다. 조금 시간이 지나면 또 까먹어 다시 돌려봅니다. 이런 일을 수없이 되풀이하면 짜증이 나 그만 보게 됩니다.

음악이라면 가사가 있든 없든 상관없어 괜찮은데 드라마처럼 줄거리가 있는 프로그램이라면 몇 분만 지나면 그때까지 봤던 이야기를 몽땅 잊어버리기 때문에 새로운 드라마를 조금씩, 그것도 중간부터 보고 있는 것 같습니다. 드라마를 보고 있으면 어떤 이야기가 전개되고 있는지 전혀 짐작이 가지 않는 셈이죠.

영화도 마찬가지입니다. 원래는 성룡을 아주 좋아하지만 최근에는 거의 보지 않았습니다. 몇 분만 지나면 줄거리를 잊어버리기 때문입니다. 계속 돌려보면서 봐야 해서 너무 성가십니다. 두 시간짜리 영화를 보는 데 1주일 정도 걸린 적도 있습니다. 쿵후 영화처럼 옛날에 보고 재미있었다고 기억하는 영화는 괜찮을 것 같아 봤는데 역시 보자마자 지치고 말았습니다.

결국 텔레비전 보는 일이 줄었습니다. 아무것도 하지 않고 그냥 멍하니 있는 것도 싫어서 텔레비전을 보지만 거의 기억에 남아 있지 않습니다. 아무것도 하지 않으면 되지 않느냐고 하겠으나 성격상 그것도 싫습니다. 그래서 신문을 펼치고 보고 싶은 프로그램이 있으면 텔레비전을 켜지만 역시 10분이나 20분만 지나면 스스로 뭘 보고 있는지 알 수 없어집니다. 그래서 요즘은 9시에 잠자리에 듭니다.

그래도 웃으면서 살아갑니다

무거워진 머리를 가볍게 하려면

잠을 자도 얕은 잠을 잡니다. 종일 머리가 피곤한 상태라 이불을 덮으면 바로 잠드는데 약의 부작용 탓인지 잠들어도 내내 꿈을 꿉니다.

낮에 어떤 실수를 하거나 불안한 일이라도 있었으면 길을 헤매는 꿈이나 물건을 잃어버려 실수하는 꿈을 꿉니다. 일어나도 꿈이 너무 생생해 아무것도 할 수 없을 것 같은 생각에 기분이 정말 나쁩니다.

보통 사람은 이런 상태를 좀처럼 이해할 수 없을 것 같은데 아마도 자고 있어도 뇌가 움직이고 있기 때문일 겁니다. 보통 일어나 있을 때 뇌를 사용하는 것만으로도 피곤한데 자는 동안에도 열심히 생각하다보니 더 피곤해지고 맙니다. 꿈속에서 피곤해 머리가 무거워진 상태로 눈을 뜨면 10분 정도 휴대전화를 만지작거리거나 메시지를 보내며 머리를 쉬게 하고 '아, 쉬었구나!'라는 생각이 들면 다시 잡니다. 하지만 두 시간 정도 있으면 "우아! 피곤하다!" 하며 또 일어납니다.

꿈속에서 다양한 이야기가 전개되기 때문에 한 시간 반밖에 못 자고 일어났는데도 아침으로 착각한 적도 있습니다. 분명히 밤 10시쯤 잤는데 일어나 거실에 가니 모두 깨어 있어서 "어! 벌써 아침이야?" 하며 놀랐던 적도 있습니다.

강연을 앞두고 있으면 꿈에서도 생각합니다. 꿈에서 '이거, 잊으면 안 돼'라고 생각하고 일어나 원고를 씁니다. 나중에 쓰려고 하면 잊어버리기 때문에 생각나면 한밤중이라도 계속 쓰는 경우가 있습니다.

아마도 복용하고 있는 아리셉트가 24시간 뇌를 활성화시켜 그런 것 같습니다. 의사는 이미 3년이나 먹었기 때문에 부작용은 아니라고 하지만 내게는 부작용이 맞습니다. 그렇다고 종일 힘들다는 것은 아닙니다. 머리가 피곤해도 5분이나 10분 정도 자면 금방 되살아나기 때문에 힘들진 않습니다. 몸 상태도 좋아 요즘에는 주변 사람들에게 걱정을 끼칠 만한 일은 없습니다.

머리가 피곤하다는 것을 말로 잘 표현할 수 없지만, 굳이 설명하자면 아프다고 해야 할까, 무거운 느낌입니다. 그렇게 되면 아무것도 할 수 없습니다. 그러므로 여러 명이 연단에 올라 얘기할 때 내 차례가 아니면 머리 작동을 완전히 중단시킵니다. 갑자기 질문을 던지면 대답하지 못하기도 합니다.

무슨 영문인지 내 이야기를 할 때는 피곤하지 않습니다. 반대로 다른 사람의 말을 듣고 이해하려고 하면 머리를 굴리기 때문인지 피곤합니다. 좋은 얘기인 것 같아서 집중하려고 하면 정말 힘이 듭니다.

이점이라고 하면 시차가 없다는 걸까요. 하와이에 여행 갔을 때도 가족들 모두 시차로 고생했는데 나는 거의 시차를 느끼지 못했습니다.

그래도 웃으면서 살아갑니다

평범한 남편,
평범한 아빠

알츠하이머라는 진단을 받기 전에는 골든위크나 오봉 휴일(한국의 추석과 비슷한 휴일이나 음력이 아닌 양력 8월 15일에 쉰다.-옮긴이), 겨울 휴가까지 세 번은 1주일 정도 휴가를 받을 수 있었기 때문에 반드시 가족과 놀러갔습니다. 홋카이도나 그보다 멀리 간 적도 많았는데 여행 계획은 내가 세웠습니다. 그 이외에는 가족과 여행하는 일은 없었던 것 같습니다.

우리 회사는 화요일이 휴일인데 그날은 종종 고객이나 동료와 골프를 쳤습니다. 월요일은 술을 마시고 화요일에는 골프를 치러갔기 때문에 가족과 함께할 일이 거의 없었습니다. 운동회나 학예회 등 아이 행사가 있어도 영업하다 양복을 입은 채로 보러 갔지 일부러 휴가를 받으면서까지 간 적도 없었습니다.

지금도 기억에 남아 있는 가족여행은 센다이에서 하코다테까지 페리를 타고, 삿포로에서 아사히야마동물원으로 아이들과 드라이브를 했던 겁니다. 아이는 아직 초등학생과 유치원생이라 아주 좋아했던 기억이 납니다. 그때의 아이들 얼굴을 떠올리면 절로 미소가 지어집니다. 치매란 진단을 받고 아직 아이들에게 알리기 전에 다 같이 디즈니랜드에 가기도 했습니다.

현재(2017년 3월)도 장기 휴가가 1년에 세 번 있어서 가족여행을 하는데 딸들이 고등학생과 중학생이 된 뒤로는 동아리 활동으로 바빠 갈 일이 줄었습니다. 그보다는 부모와 가고 싶지 않은 나이인 것 같아 별로 강요하지 않습니다.

그래도 때때로 디즈니랜드 같은 장소에 가고 싶어집니다. 디즈니랜드처럼 많은 사람이 모이는 데 가면 무섭지 않느냐는 질문을 받는데 가족이 있으면 괜찮습니다. 다만 가족이 잠깐만 없어져도 찾는 데 무척 애를 먹습니다. 한참 헤매다가 겨우 찾았을 때는 완전히 피곤해지기도 합니다. 그래서 여행을 가도 최대한 떨어지지 않으려고 합니다. 아빠를 잘 이해해주는 딸들이 어디에 가든 지도를 지참하고 "여기, 여기" 하며 알려줘 안심입니다.

차표를 사려고 목적지까지의 요금을 확인해도 발매기에 도착한 순간 잊습니다. 거기서 다시 확인하지만 역시 요금이나 목적지를 잊을 때도 있습니다. 아내는 차표를 사거나 지도를 보는 일은 절대 하지 않습니다. 어디를 가든 모두 내게 맡깁니다. 내 행동을 빼앗지 않으려는 뜻이니 무척 고맙지만, 사실 쉬운 일은 아닙니다. 미리 인터넷을 뒤져 일정표 등을 모두 프린트해 가지고

그래도 웃으면서 살아갑니다

가야 해서 엄청난 일이 됩니다.

물론 실수하기도 합니다. 이를테면 날짜를 착각해 비행기를 예약하는 바람에 취소 수수료를 물어야 했던 적도 있습니다.

"우와! 이제 취소도 안 된대"라고 한탄을 하면 "조금 손해 봤네"라며 아내는 웃기만 합니다.

사춘기를 지켜주고 싶어서

아이들은 지금 사춘기입니다. 그렇다고 해도 그리 특별한 것은 없고 누구에게나 찾아오는 평범한 사춘기입니다. 그래서 나뿐 아니라 아내에게도 반항합니다. 딸들이 내게 반항하면 아무래도 조금 욱할 때가 있습니다. 이런 감정이 아리셉트 탓인지 아닌지 알 수 없으나 감정이 올라올 때가 있어서 '이래선 안 돼'라고 생각하기도 합니다. 다만 욱한다고 해서 싸우진 않습니다. 욱해서 화를 낸 적은 있지만 말한 뒤 '실수했구나'라고 생각합니다. 그럴 때는 바로 잡니다.

역시 전보다 초조할 때가 많아진 것 같습니다. 그래도 가족과는 같이 식사하러 가는 등 평범하게 지내고 있습니다. 나는 실패해도 괜찮으니까 다양한 가게에 가길 좋아하고, 아내는 일단 한 번 먹고 맛있으면 그곳에 계속 가는 편입니다. 대체로 패밀리레스토랑인 경우가 많은데 나도 싫어하진 않으니 큰 불만은 없습니다.

2016년, 넷츠도요타 센다이가 10년 연속 특별표창을 받아 하와이 여행이 결정돼 가족 모두가 갔습니다. 사원과 그 가족까지 총 천 명이니까 여섯 개 팀으로 나뉘어 갔습니다.

그런데 하와이에서는 둘째가 기분이 좋을 때는 첫째의 기분이 나쁘고, 첫째가 기분이 좋으면 이번에는 둘째의 기분이 안 좋고 해서 모두의 기분이 좋을 때가 없었습니다. 그래서 맏이와 아내가 바다에 가면 나와 둘째가 호텔에 있고, 둘째가 바다에 가겠다고 하면 내가 따라갔습니다.

하지만 나는 기뻤습니다. 아이들이 다른 아이들처럼 반항한다는 것은 나를 특별하게 여기지 않는다는 뜻이라 전과 마찬가지로 평범한 아빠로 남을 수 있으니까요.

그래도 웃으면서 살아갑니다

틀려도
모두가
웃는 얼굴

✻

일상적인 생활은 가능하지만 그래도 금방 잊어버리기 때문에 난처한 일이 생깁니다. 칫솔을 못 찾거나 어느 게 샴푸인지 린스인지 몰라 기어이 보디샴푸로 머리를 감아 머리카락이 뻣뻣해진 적도 있습니다.

아내에게 목욕하라는 소리를 듣고 물을 채우려고 욕조 구멍을 막은 것까지는 좋았는데 더운물 스위치 누르는 걸 잊습니다. 최근에도 그런 일이 있었습니다. 이제 목욕을 해야지 생각했는데 욕조가 텅 비어 있었습니다.

아내는 "목욕 스위치 정도는 누를 수 있잖아"라고 말했는데 그 방법을 몰라 부엌에서 누를 때도 있습니다. 부엌에서 누르는 방법은 압니다. 여러 번 실수하다가 이번에는 부엌에서 스위치를 누르고 목욕탕까지 뛰어가 더운물이 나오는 걸 확인한 뒤 욕조를 막습니다.

스스로 실수했다는 사실은 압니다. 어떻게 하면 실수하지 않을까 생각하다가 스위치를 누르고 물이 흐르는 것을 확인한 뒤 욕조를 막으면 된다는 사실을 깨달았습니다. 살짝 더운물이 아깝다는 생각도 하지만 다음에는 실수하지 않으려고 생각하고 이 같은 행동을 취하게 되었습니다.

아이와 대화를 나눌 때 아이가 웃는 경우가 종종 있습니다. 내가 같은 말을 반복해서죠. "그거 세 번째야"라는 말을 듣고 처음에는 속으로 실수했다는 걸 깨닫습니다. 같은 말을 여러 번 하면 딸이 "그거 들었어"라고 말해주는데 그제야 알아차립니다. "아, 그래"라고 말하고 몇 분 뒤 또 같은 말을 합니다. 하지만 아이들은 화를 내지 않습니다. "아빠 또 말하네"라며 웃습니다. 오직 그것뿐이지만 마음은 아주 편안해집니다.

치매라는 말을 들었을 무렵에는 '왜 기억하지 못하지?', '왜 실수했지?' 하며 불안만 커져 초조했습니다. 지금은 아마도 실수는 그때보다 많아졌을 텐데 실수해도 "잊어버려서 그래"라고 말할 수 있는 환경이기 때문에 기분이 전혀 다릅니다.

그런 탓인지 병이 느리게 진행되는 것처럼 느껴집니다. 물론 현실적으로 생각하면 실수나 잊어버리는 횟수가 점점 늘어났으니까 병은 틀림없이 진행되고 있습니다. 하지만 직장에서도 후배에게 "잊어버렸으니 좀 알려줘"라고 말할 수 있는 환경이기 때문에 증상이 진행되지 않은 것처럼 생각되는 겁니다.

그래도 웃으면서 살아갑니다

늘 무사히 돌아오니까 괜찮아

쇼핑할 때도 실수하는 경우가 종종 있습니다. 예전에는 차를 운전했으니까 아웃렛에 가서 사거나 교외에 있는 대형 할인 쇼핑센터에서 샀는데 지금은 차가 없어서 갈 수 없습니다. 아내의 차를 얻어 타고 갈 수도 있으나 천천히 볼 수 없는 게 싫어서 쇼핑은 혼자 가려고 합니다.

혼자 가려면 대중교통을 이용할 수 있는 곳이어야 합니다. 센다이 시가지라면 지하철도 사용할 수 있어서 양복이나 스웨터 같은 것은 센다이 중심에 있는 상업지역인 이치방초 등에서 쇼핑합니다.

어슬렁어슬렁 걷다 보면 어느새 길을 헤매고 있습니다. 당연합니다. 하지만 그렇게 헤매도 괜찮습니다. 누군가에게 물으면 되니까요. 게다가 돈이 좀 들지만 정 안 되면 택시를 타고 돌아오면 된다고 생각하고 있어서 그다지 신경 쓰지 않습니다. 실수하지 않고 집에만 있기보다는 실수하더라도 쇼핑을 가서 자신이 좋아하는 것을 사는 게 좋다고 생각하기 때문입니다. 그러므로 지금은 실수를 신경 쓰지 않고 자유롭게 쇼핑을 합니다.

아내도 말리지 않습니다. "왜 말리지 않아?"라고 물어본 적이 있는데 "늘 무사히 집에 돌아오니까 괜찮아"라고 말했습니다. 보통은 당사자가 한 번이라도 실수하면 가족은 "이제 가지 마. 반드시 나와 같이 가야 해"라고 말하기 마련인데 우리 집은 그렇지 않습니다.

출근 도중에 역을 잘못 보고 전철에서 내려 '여기가 어디지?' 라고 생각할 때도 있습니다. 처음에는 크게 당황했는데 지금은 침착하게 택시를 타고 갑니다. 택시로 회사에 도착하면 회사 사람들은 "무슨 일이야?" 하며 놀라지만 나는 별일 아니라는 듯이 "가끔은 사장님처럼 출근하고 싶어서"라고 말하고는 웃습니다. 실수하는 게 당연하다고 생각하면 편안합니다.

옷을 살 때 치수를 틀리기도 합니다. 미디엄 사이즈를 살 생각이었는데 스몰 사이즈를 산 것이죠. 그럴 때는 다른 사람에게 주고 그리 깊이 생각하지 않으려고 합니다. 틀리는 걸 두려워하지 말자, 틀리는 게 당연하다고 생각하고 있기 때문입니다.

그래서 자주 틀립니다. 구청이라고 듣고 시청에 간 적도 있습니다. 하지만 그래도 어떻게든 목적지까지 갈 수 있습니다. 며칠 전에도 아내가 "아이들 학비를 입금해"라고 하며 이체 용지를 줬습니다. '우와! 큰일났다!' 싶었지만 은행 창구에서 이체 용지와 돈만 건네면 되는 일이라고 생각해 "알았어"라고 대답했습니다. 그런데 참, 은행 직원도 친절하죠. "현금 자동 인출기를 이용하시면 수수료가 싸니까 직접 하시는 게 좋아요." 이렇게 말하는 게 아닙니까. 당황해 장년층 치매 카드를 보여주며 "저는 이런 사람이라 전혀 모릅니다"라고 하자 직원이 "아, 그럼 같이 해드릴게요"라며 도와줬습니다.

치매라는 사실을 숨기지만 않으면 대부분의 일은 할 수 있지 않을까요? 치매를 공개하면 모두 친절하다는 걸 깨닫습니다. 내가 이만큼 공개할 수 있었던 것은 친절한 사람과 점점 더 많이 접촉해왔기 때문입니다. 물론 그중에는 무례한 사람도 있겠지만 그 사람과는 어울리지 않으면 그만입니다.

목적 없이
배회하는
것이
아닙니다

혼자 쇼핑하러 갔을 때의 일입니다. 그 무렵에는 몇 가지 걱정이 겹쳐 집에 있으면 몸도 마음도 처질 것 같아 외출을 했습니다.

자주 가는 가게였는데 그날은 주위가 전혀 보이지 않았습니다. 거기서 한 시간 정도 어슬렁거렸는데 결국은 아무것도 사지 않고 돌아왔습니다. 다른 사람이 보면 이런 게 배회겠죠. 그저 쇼핑할 생각이었을 뿐인데 불안감이 있으면 상품만이 아니라 아무것도 눈에 들어오지 않습니다.

불안, 공포, 동요, 불쾌감 등으로 마음이 안정돼 있지 않으면 실수로 이어지는 것 같습니다. '환경'이 중요하다는 말을 자주 듣는데 여기서 '환경'은 그런 의미가 아닐까요.

치매인 가족 모임에 오는 사람 중에서 데이 서비스 시설에서 도망쳐 나온 분이 있었습니다. 나중에 부인이 왜 도망쳤냐고 물었더니 "당신을 찾으러"라고 대답했답니다. 마찬가지로 갑자기 사라졌던 사람이 있어서 물어봤더니 "부인을 찾으러"라고 말했습니다. 남편이라면 치매로 불안할 때 가장 의지하고 싶은 사람은 부인일 겁니다(물론 가정환경에 따라 다를 수도 있지만). 문득 정신을 차려보니 가장 의지가 되는 부인이 보이지 않아서 찾으러 나가야겠다고 생각했는데 그게 배회가 돼버린 겁니다.

나이 지긋한 여성이 배회할 경우는 "손자를 데리러 간다"라고 말할 때가 많습니다. 예전 유치원에 정기적으로 데리러 갔기 때문에 그것을 떠올리고 나갔다가 길을 헤매는 겁니다.

내 경우는 '강한 불안감'이 원인인데, 어떤 사람은 아내를 찾으러, 어떤 사람은 손자를 데려오려고 한 게 이유입니다. 그저 '배회'라고 해도 각자에게는 모두 목적이 있습니다. 왼쪽인지 오른쪽인지 분간하지 못하고 정처 없이 헤매는 것은 아닙니다.

실수를 두렵게 하는 말 한마디

치매에 걸려도 주변 환경만 좋으면 웃으며 즐겁게 지낼 수 있다는 것을 알았습니다. 치매 진단을 받으면 약도 필요하겠으나 환경이 가장 중요하다고 생각합니다. 예를 들면 실수해도 비난받지 않는 환경입니다.

치매인은 실수하더라도 자신감을 가지고 행동하는 게 좋습니다. 주위 사람은 치매인이 실수해도 화를 내지 말아야 합니다. 가족이라면 치매인이 수없이 실수하거나 같은 말을 계속 반복하면 참지 못하고 주의 주고 싶어지겠죠. 하지만 잠깐이라도 마음을 가라앉히고 대해주길 권하고 싶습니다. 아주 사소한 말 하나로 치매인은 불안해지고 혼이 났다고 느끼는 경우가 있습니다. 자신도 실수가 많은 걸 알기 때문에 자기 행동에 자신이 없어집니다.

주의를 주지 말라는 게 아닙니다. 말하는 방식에 따라 다르다는 겁니다. 말이란 참 이상해서 아주 사소한 말 하나로 기쁘기도 하고 상처를 받기도 합니다. 이를테면 나쁜 감정 없이 그냥 던진 말 한마디에 치매인은 큰 상처를 받는 경우가 있습니다.

"뭘 하는 거야!"

"왜 틀리는데?"

"왜 기억 못 해?"

"또 잊었어?"

"아까 말했잖아!"

"왜?"

"어떻게?"

이런 말들을 들으면 치매인은 상처를 받습니다. 초조해지기 시작하고 그 감정은 곧 분노로 바뀝니다. "어떻게?", "왜?"라고 물어봤자 자신도 모르니까요. 바로 그것이 치매라는 병이기 때문입니다. 어디에 뒀는지 몰라 열심히 찾고 있는데 "어디 뒀어?"라고 강하게 물으면 욱하고 화가 치밀기 마련입니다.

아침에 일어나 내가 커피를 탔다는 사실을 잊을 때도 그렇습니다. 아내에게 고맙다는 인사를 하면 "괜찮아. 하지만 당신이 탔어"라고 말하고 웃어주기 때문에 편안합니다. 만약 이때 "무슨 소리야? 당신이 탔잖아!"라고 말했다면 다음에는 직접 커피를 타고 싶지 않을 뿐 아니라 아내와 말하고 싶지 않아져 조급한 마음이 들 겁니다.

아주 사소한 말투나 표현으로 상대의 기분이 달라집니다. 내 경우 아침에 여러 번 이를 닦는다고 말했는데 이때 "그렇게 수없이 이를 닦으면 속이 시원해?"라고 무례하게 말하면 상처를 받습니다. 나로서는 매번 처음 닦는 거니까 여러 번 닦아도 다를 게 없지 않나 생각하며 화가 납니다. 다른 사람에게 피해를 주는 것도 아니고 스스로 할 수 있는 일을 하려고 하는 거니까 괜한 참견은 하지 말라고 반박하고 싶어지죠.

사소한 말 때문에 치매인은 상처를 받고 자기 행동에 자신이 없어져 실수를 두려워하게 됩니다. 실수한 사실을 지적당하는 게 싫습니다. 보통 사람도 지적당하는 것은 싫을 겁니다.

항상 가족 앞에서 웃는 얼굴로 있고 싶습니다. 그러고 있어도 초조할 때가 있습니다. 초조해지면 물건을 집어 던지거나 부숴 버리고 싶은 충동에 사로잡힙니다. 실제로 물건을 부순 적은 없지만 부술 것 같아 무서워집니다. 그럴 때는 그 자리를 뜹니다. 집에서라면 "이만 잘게"라고 말하고 방으로 들어갑니다. 다음 날이 되면 초조했던 것을 잊으니까 그거면 충분합니다.

다른 치매인에게 그 말을 했더니 "그건 도망치는 거잖아. 나는 도망치고 싶지 않아"라고 말했습니다. 분명 그 자리에서 도망치는 것일 수도 있습니다. 하지만 그 자리에 머물며 안절부절못해 봤자 해결되는 것은 없습니다. 가족을 힘들게 만들 뿐입니다. 가족의 감정이 다치지 않도록 내가 도망치는 게 낫다고 생각합니다. 도망치는 일은 쉽습니다. 그 자리를 떠나 잊어버리면 그만입니다. 그렇게 가족과 함께 늘 웃으며 지내려고 합니다.

그래도 웃으면서 살아갑니다

내 마음속
풍경

내 마음에는 늘 안개가 껴 있는 것만 같습니다. 마음의 안개가 사라지질 않습니다. 이것이 치매인의 마음속 풍경일까요. 최근에 단어가 떠오르지 않는 경우가 종종 있습니다. 어라! 하고 의아해질 때가 많아졌습니다.

늘 쓰는 말인데 도무지 입 밖으로 나오지 않습니다. 그럴 때는 다른 단어로 바꾸기도 하는데 그 단어가 뭔지 생각나질 않습니다. 늘 쓰는 간단한 단어라는 것만 얼핏 떠오릅니다. 그러나 어떤 단어였는지는 모르고 나중에 생각나지도 않습니다.

그래서 주치의에게도 상황을 전하기가 힘듭니다. 어떻게 얘기하면 좋을지 자신도 모르기 때문입니다. 이야기를 나누다가 갑자기 모를 때도 있습니다. 모르겠다는 건 알겠는데 뭘 모르는지도 모릅니다.

늘 그렇진 않습니다. 그런 순간이 갑자기 찾아옵니다. 말과 마찬가지로 사람 얼굴과 이름도 그렇습니다. 늘 모르는 게 아니라 갑자기 알 수 없어지기 때문에 자신의 병상을 어떻게 주치의에게 설명하면 좋을지 모르겠습니다. 그런 일들이 서서히 늘어난다는 사실은 잘 이해하고 있습니다.

잊으면 그 순간 기억하려고 합니다. 기억하려고 하면 머리가 피곤해집니다. 기억하지 않아도 괜찮다고 생각은 하지만 그래도 순간적으로 기억하려는 내가 있습니다. 아마 반사적인 게 아닐까요. 그 길이는 1초가 될까 말까 하지만 아주 길게 느껴집니다.

종종 차에 치이는 순간에 시간이 천천히 흐르는 것 같은 감각이 들고 정말 많은 것들이 생각나거나 보인다고들 하는데 그와 마찬가지로 정말 찰나의 순간에 많은 것을 생각합니다. 물론 주위 사람은 모를 겁니다. 결국 그게 뭔지 알 수 없고 그저 잊었다는 것만 깨달을 뿐이지만…….

예전처럼 울지 않는 이유

치매 진단을 받고 얼마 되지 않았을 무렵 이런 글을 썼습니다.

"항상 정신을 바짝 차리고 있지 않으면 좌절할 것만 같습니다. 병에 걸린 뒤 지금까지 느껴보지 못한 공포가 늘 내게 들러붙어 있습니다. 잠을 자도 갑자기 불안과 공포가 찾아옵니다. 시커먼 덩어리에 눌리는 것 같은 느낌입니다.

영문을 모르겠는데 눈물이 나옵니다. 그럴 때는 많은 사람의 도움을 받고 있다는 걸 떠올리며 '괜찮아, 괜찮아!' 하고 수없이 자신을 다독입니다.

갑자기 실이 끊어진 것처럼 마음이 무너지면 죽는 게 낫겠다는 생각이 들고 아무것도 하기 싫어집니다. 이 마음을 어떻게 하면 좋을지 몰라 하염없이 걸을 때도 있었습니다. 앞으로도 이런 마음을 안은 채 살아가야 하나 하는 생각에 잠깁니다."

최근 이 글을 다시 읽고 이때는 정말 마음의 병이 깊었구나 하고 생각했습니다. 그때와 비교하면 지금은 마치 다른 사람이 된 것처럼 기분이 바뀌었습니다. 어떻게 내가 변할 수 있었을까요? 다른 치매인과 뭐가 다른지 생각해봤습니다. 돌이켜보면 사고방식을 바꾸는 계기가 네 가지 정도 있었던 것 같습니다.

첫 번째는 회사로 돌아가서 전처럼 일을 계속할 수 있었던 점입니다. 부모의 책임을 다하고 가족도 전과 마찬가지로 생활할 수 있어 마음이 놓였습니다. 이 점이 내가 제일 걱정했던 부분이었습니다.

두 번째는 현장에서 도와주는 사람이 많이 생겨 스스로 안심할 수 있게 된 것입니다. 영업 일은 그만뒀어도 지금은 강연 활동을 즐기고 있습니다. 지금까지 강연 활동을 힘들다고 생각한 적이 없습니다. 완벽한 강연을 하려고 노력하지 않고 방문지에 가면 맛있는 음식을 먹거나 그 지방의 아름다운 풍경과 역사 유산을 보는 즐거움을 만끽하기 때문입니다.

예전에는 고민거리나 걱정거리를 얘기할 사람이 없어 곤란했는데 지금은 내가 사는 곳에서 도와주는 사람에게 고민을 가볍게 상담합니다. 가족에게 말하면 걱정하거나 배려하게 될 일도 안심하고 상담할 수 있어서 스트레스도 줄었습니다.

세 번째는 전국을 다니며 나 같은 치매인을 많이 만난 겁니다. 치매지만 건강하게 지내는 사람들과 만나면서 같은 병이라도 활기차게 생활하는 이들이 있음을 알았습니다. 그들 덕분에 긍정적으로 생활할 수 있었습니다. 역시 활기를 얻기 위해서는 실제로 건강하게 사는 사람과 만나는 게 최고라고 생각합니다.

마지막으로, 언제 어느 때나 웃는 얼굴로 있는 것입니다. 항상 웃고 있으면 와코 씨의 말대로 정말 웃음이 나오고 불안과 공포가 줄어듭니다. 어째서일까요? 예전에는 불안과 공포에 짓눌려 눈물이 멈추지 않는 경우가 종종 있었는데 문득 정신을 차리고 보니 그렇게 우는 일이 없어졌습니다. 이것도 늘 웃었기 때문입니다.

그래도
웃으면서
살아갑니다

병에 걸려 가장 괴로웠던 것은 병에 걸렸다는 사실보다 아내와 아이들, 게다가 부모님에게까지 걱정을 끼치고 있다는 점이었습니다. 아내는 신경 쓰지 않는 척하며 밝게 대해주지만 뒤에서 늘 인터넷이나 책으로 알아보고 있다는 사실을 잘 압니다. 걱정돼 어쩔 줄 모르시는 부모님 마음도 알겠습니다.

처음에는 치매에 좋다는 게 있으면 바로 사서 보내셨습니다. 정말 괜찮아지는 거라면 병원에서 처방했겠지요. 걱정해주시는 건 고맙지만 그런 데 돈을 쓰시지 않았으면 하면서도 묵묵히 받 았습니다. 사실은 이제부터 내가 부모님께 효도해야 하는 나이 인데 거꾸로 계속 걱정 끼치고 있다는 생각에 얼마나 괴로웠는 지 모릅니다. 아내와 아이들에게도 마찬가지입니다.

처음에는 괴롭고 미안한 마음에 늘 미간에 잔뜩 주름만 잡고 있었는데 파트너인 와코 씨가 "처음에는 억지로 웃어도 되니까 웃어요. 그러면 정말 웃게 됩니다"라고 조언해준 뒤로 생각이 바뀌었습니다. 지금은 매일, 늘 웃으며 지내려고 하고 있습니다. 미소가 사라지면 불안에 짓눌릴 것 같기 때문입니다.

머리가 피곤한 정도는 매일 다릅니다. 전날 쉬었으면 다음 날은 상태가 좋아야 하는데 그렇지도 않습니다. 매일, 간신히 불안을 넘기면서 일하고 있습니다. 나도 매일 달라지고 있음을 느낍니다. 지난달까지 척척 해내던 일이 이달에는 힘들어질 때도 있습니다. 병이 진척되어 그런건지 아닌지는 모르겠으나 확실히 금방 피곤해지고 있습니다. 주위 사람은 변한 게 하나도 없다고 하지만 내게는 변화가 느껴집니다.

웃고 있을 때는 덜 피곤한 것 같습니다. 그래서 되도록 웃으며 지내려고 노력하고 있습니다. 조금이라도 오래 나 자신으로 있을 수 있었으면 좋겠습니다. 그러려면 웃는 수밖에 없습니다.

텔레비전이나 인터넷에서는 장년층 치매는 진행이 빠르다고 합니다. 어쩌면 치매인이 불안이나 공포에 짓눌려 좌절하면서 진행이 더 빨라지는 게 아닐까요? 병이 있는 사람을 둘러싼 환경이 좋으면 진행도 늦어질 거라고 생각합니다.

그래도 웃으면서 살아갑니다

4장

내가 평범함을
지키는 방식

평범한 삶은 우연이 아니다

1974년 2월에 센다이 남쪽 이와누마시에서 태어났습니다. 형과 누나까지 삼 남매이고, 막내라 응석받이로 자랐던 것 같습니다.

학교는 중고등학교 통합 재단인 남학교를 다녔습니다. 동아리는 궁도부였고 수험 공부도 안 해서 공부로는 안 되겠다고 결심했는지 공부는 전혀 하지 않고 오로지 동아리 활동만 했습니다. 성적은 뒤에서 세는 게 빨랐는데 대학은 같은 계열인 도호쿠가쿠인대학이라면 그냥 진학할 수 있었습니다. 그래서 수험 공부를 했던 것은 초등학교 때 쳤던 중학교 시험이 전부였습니다.

수험을 치지 않았으니 "안일하다"라는 말을 들어도 어쩔 수 없지만 경쟁한 일이 없었기 때문에 취직 활동도 상당히 적당히 임했습니다. "고생 없이 살았네"라는 말을 자주 들었는데 실제로도 그랬습니다.

대학 졸업즈음 취직 활동으로 기업이 개최하는 합동 세미나에 갔을 때입니다. 마침 비어 있어서 들어간 부스가 도요타오토 센다이였습니다. 자리에 앉았는데 우연히 같은 대학 선배가 있었고, "자네, 가쿠인대학이지? 그럼 우리 회사에 안 들어올래?"라고 말해 그냥 "예"라고 대답하고 취직 시험을 친 인연으로 지금 회사에 입사했습니다.

내정되자마자 바로 입사가 결정됐습니다. 특별히 이 회사가 좋아서 들어왔다거나 차가 너무 좋아 이 회사를 선택한 게 아니라 정말로 우연이었습니다. 부모님께 자동차 판매회사에 취직했다고 하자 "네가 영업을 할 수 있겠니?"라고 하셨는데 아마도 내가 판매 영업을 할 수 있는 사람으로 보이지 않으셨던 모양입니다. 하지만 차를 싫어하진 않았고 오히려 흥미가 있었기 때문에 자동차 판매 영업을 일로 삼는 데 어려움은 없었습니다.

입사해 처음 배속된 곳은 센난이라고 미야기현 남쪽에 있는 차가 잘 팔리지 않는 시골의 매장이었습니다. 담당 지역은 아주 넓은데 스포츠 시설이 있을 뿐 주위에는 산밖에 없는 곳이었습니다. 이때는 판매 영업이 즐거웠던 기억이 없습니다.

같은 해에 입사한 아내는 센다이 시내의 잘 팔리는 매장에 속해 있었습니다. 영업 직원도 많았는데 그래도 휴일이 되면 혼자 고객 여러 명을 응대했답니다. 특별히 판매에 나서지 않더라도 고객이 먼저 찾아와 턱턱 팔렸던 겁니다. 그런데 내가 있던 매장은 이틀에 겨우 한 명이 올까 말까 하는 곳이었습니다.

그래도 웃으면서 살아갑니다

남들보다 앞서고 싶었던 마음

아내와는 입사 동기였습니다. 신입사원일 때 한 달 동안 연수가 있었고 그때 친해졌고, 4월에 만나 불과 4개월 뒤, 결혼하기로 결정했습니다. 아내가 결혼하고 싶다고 하고 나 역시 결혼하면 좋겠다고 생각하던 차였기 때문에 "응, 그래" 하고 바로 결정했습니다. 이때 그녀는 동기 중에서 매상 1위, 한편 나는 차가 팔리지 않는 매장의 영업 담당이었습니다.

우리가 결혼식을 올린 것은 1년이 지나서였습니다. 결혼하기로 한 그날 바로 부모님께 말씀드리고 허락을 받았는데 아내 부모님께서는 "아직 결혼은 빨라. 3년쯤 사귀고 결정해"라고 하시면서 허락하지 않았기 때문입니다. 물론 다시 결혼을 허락받으러 갔습니다. 세 번째 갔을 때였을까요. 아내의 부모님께서 내 끈기에 손을 드셨는지 그렇게까지 말한다면 알아서 하라며 드디어 허락하셨습니다.

아내는 결혼하자마자 일을 그만뒀습니다. 아내 부모님께서 둘이 영업을 하는 것은 어려우니까 그만두고 일을 도와달라고 하셨던 겁니다. 장인어른께서는 작업복을 도매로 판매하는 회사를 운영했는데 내내 혼자 일하셨기 때문에 딸과 일해보고 싶으셨던 것 같습니다. 덕분에 2년 뒤 아이가 태어났을 때 아이를 처가에 맡기고 일할 수 있어서 큰 도움이 됐습니다.

가족들에게는 좋았을지 모르나 도요타 쪽은 우수한 사원을 잃은 거니까 그리 환영하지 않았던 것도 당연합니다. 아내가 회사

를 그만둘 거라고 하자 놀라며 "너, 책임질 수 있겠지?" 또는 "아
내 몫까지 팔아"라고 빈정대기도 했습니다. 폭스바겐에 갔을 때
이 회사에서 최고의 매상을 기록해보자고 생각한 데는 그런 이
유도 있었을지 모릅니다.

그래도 웃으면서 살아갑니다

늘 진심을
전하고 싶은
사람

✹

신입 시절에 내가 있던 매장은 미야기현 최남단 시골이었기 때문에 담당하는 지역도 넓었고 주변에는 산밖에 없었습니다. 지금도 시골이지만 20년 전에는 훨씬 더 시골이었습니다. 편의점은 물론이고 패밀리레스토랑도 없었습니다. 아침에 나가면 집에 돌아올 때까지 갈 곳이 없어서 일하는 수밖에 없었습니다. 그런 시골이었기 때문에 매장에서 가만히 기다리고 있어봤자 고객은 오지 않았습니다. 그래서 상사는 일단 집집마다 찾아다니라는 말을 자주 했습니다.

아무리 한 집씩 방문한다고 해도 시골에서 값비싼 차가 그리 쉽게 팔릴 리 없습니다. 아는 사람이 있으면 얘기는 또 다르지만 처음 간 곳이라 친한 사람도 없었고 도시와는 전혀 다른 곳이었습니다. 어떤 식으로 영업해야 할지 모르는 상태에서 종일 고객의 집을 찾아다녔습니다. 처음 1년 반 동안에 6만 킬로미터 가까이 달렸죠.

작은 매장이었기 때문에 판매 대수도 그리 많지 않았지만 그래도 필사적으로 고객의 집을 돌아다녔습니다. 하지만 아무리 달려도 차는 팔리지 않았습니다. 사람들이 계속 일하니 낮에 방문해도 만날 수가 없습니다. 밤에 방문해야 겨우 고객 몇 분을 만날 수 있는 정도입니다. 고객 집에 가도 일방적으로 말하는 게 다입니다. 그것도 1분 정도였습니다. 고객 입장에서는 일하고 와서 피곤한데 찾아온 거니까 민폐였죠. 매일 이렇게 해도 될까 생각하면서 일했습니다.

그래도 상사는 방문하고 오라는 말뿐이었습니다. 어느 날은 전단을 한 다발 턱 내놓더니 "이 전단을 뿌리면서 걸어서 퇴근해"라고 지시했습니다.

전단에 명함을 붙여 돌려도 연락이 오는 것은 1년에 한 번 정도였습니다. 그렇지만 신입인지라 상사의 말을 거역할 수도 없었습니다. 어떤 날은 주머니에 30엔 밖에 없어서 선배에게 전화해 데리러 와달라고 한 적도 있었습니다.

아침 7시 반에 출근하면 밤 11시경이 되어야 일이 끝나는 정말 힘든 날들이었습니다. 그래도 차가 팔리지 않았기 때문에 본사 입장에서는 정말 일을 하는지 의심하는 것도 당연했습니다.

1년쯤 지난 어느 날, 본부에서 도우러 올 테니까 함께 돌아다니라는 말을 들어, 평소 하는 대로 한 집씩 돌아다녔습니다. 집들이 아주 멀기 때문에 이동에도 상당한 시간이 걸렸습니다. 게다가 집을 방문해도 사람은 거의 없었습니다. 본부 사람이 그런 상황을 보고 "단노 씨, 매일 이렇게 해요?"라고 물어서 "그렇습니다"라고 대답하자 "이래선 안 팔려. 신입사원에게 이런 지역을 줘선 안 되지"라고 했습니다.

그렇다고 전혀 성과가 없던 건 아닙니다. 예를 들어 매장을 방문했던 고객에게 인사 엽서를 썼는데 그때 다른 회사와 경쟁하는 차종이 있으면 어디가 다르고 어떤 차이가 있는지 하나씩 비교하며 소개했습니다. 특히 기계적인 부분의 경우 이해하기 힘들 것 같아 최대한 알기 쉽게 썼습니다. 그러자 다음 주에 고객들로부터 "이런 걸 써주는 사람은 처음"이라며 감사 전화가 왔습니다. 그런 반응을 보니 방문보다 엽서 쓰기가 더 의미 있다고 생각했습니다.

진심은 사라지지 않으니까

3년쯤 지나 본사에서 센다이로 발령을 지시했을 때는 '혹시 큰 매장에 가나?' 하고 생각했습니다. 어디로 갈까 기대했는데 결정된 이동 부서는 수입차 판매 부문이었습니다. 그곳에서 폭스바겐을 판매하게 된 겁니다. 당시 나이 스물다섯이었습니다.

이동하면 전처럼 방문 활동을 하지 않아도 된다고 하니 안도했지만, 동시에 이 매장에서 최고가 되고 싶은 마음이 강했습니다. 최고 판매사원이 되기 위해 진지하게 고민했습니다.

물론 방문 판매를 하지 않으면 상사의 지적을 받습니다. 하지만 실적만 내면 문제없을 겁니다. 가령 목표가 월 다섯 대라면 매주 한 대씩 팔면 지적받을 일은 없습니다. 그럼 방문하지 않고 차를 어떻게 팔 것인가. 이게 새로운 과제가 되었습니다.

사실 주변에는 도시의 멋진 판매사원이 많이 있었습니다. 이제 막 시골에서 올라온 나는 그들처럼 되고 싶어서 그들과 똑같은 판매 방법을 선택했습니다. 그랬더니 전혀 팔리지 않았습니다. 한 달이 지났을 때 이래선 안 되겠다, 다른 사람과 같지 않아도 괜찮아, 나는 나만의 방식을 취해야겠다고 다시 생각했고 그랬더니 이번에는 정신없이 팔렸습니다.

당시 "폭스바겐은 수입차라 고장 얘기를 하면 안 된다"는 말을 상사에게 들었습니다. 원래는 환경도 나라도 다르니까 왜 고장이 나는지 제대로 설명하고 이해를 시켜야 하는데 그 점을 몰랐기 때문에 "고장이 나는 자동차지만 사주세요"라고 말했습니다. 그러니 팔릴 리가 없죠.

자동차 판매는 물건을 판다는 점에서 슈퍼마켓에서 파는 과자와 마찬가지지만 큰 차이점은 고객에게 물건을 팔면 끝나는 게 아니라 그 뒤로도 계속 연결된다는 점입니다. 이를테면 차를 판매하고 고객이 다음 차를 살 때까지 여러 해 동안 수리나 점검 등으로 관계를 유지합니다. 그러므로 고객은 차를 살 때 영업사원을 보고 앞으로도 이 사람을 신뢰할 수 있는지, 과연 자신의 차를 맡길 수 있는지, 물건을 고르는 것과 마찬가지로 사람을 선택

그래도 웃으면서 살아갑니다

한 뒤 차를 사는 겁니다.

　그래서 어떻게 하면 고객에게 신뢰를 얻을 수 있을지, 어떻게 하면 고객이 차를 사줄지를 생각했습니다. 보통은 전단 같은 걸 돌려 차에 흥미를 갖게 하지만 그래서는 오래 팔 수 없다는 생각이 들었습니다. 고객이 나를 좋아하게 만드는 것을 최우선 목표로 삼고 그 결과로 차를 사주면 좋겠다고 생각하고 일했습니다.

　영업 세계에서는 천만 엔의 차를 팔든 백만 엔의 차를 팔든 한 대로 계산됩니다. 그래서 매상이 아니라 몇 대를 팔았는지가 중요합니다. 도요타에는 비츠 등 저렴한 차도 있는데 폭스바겐은 싸더라도 가격이 비츠의 두 배입니다. 그런데 실적에서는 어떤 것을 팔아도 마찬가지로 한 대입니다. 그러므로 수입차는 가격이 비싼 만큼 장벽도 높습니다. 만약 매상액으로 비교하면 회사 전체에서 상위권이었을 겁니다.

　가장 많이 팔았을 때는 한 달에 열세 대를 팔기도 했습니다. 그때는 정말 힘들었습니다. 수입차는 국산 자동차와 달리 자동차를 매장에서 직접 고객에게 넘겨야 해서 손이 더 많이 갑니다. 또한 국산 자동차는 바로 건넬 수 있도록 깨끗한 상태로 납품되는데 수입차는 청소도 해야 하고 왁스도 입혀야 하는 등 시간이 배로 걸립니다.

　그동안 결혼 2년 차에 맏딸을, 4년 차에 둘째 딸을 얻었습니다. 휴일인 화요일에는 아내를 대신해 아이들을 돌봤습니다. 노란색 비틀을 타고 아이들을 데리러 유치원에 가면 다른 아이들이 "귀여워!" 하며 모여들었습니다. 일은 바빴어도 여름방학과 겨울방학에는 아이들과 같이 여행하기도 했습니다. 그렇게 행복한 아빠였고 직장에서도 절정기였던 서른아홉에 치매 진단을 받은 것입니다.

지금은 영업직에서 물러나 넷츠도요타 센다이 본사에 있는데 신입사원이 들어오면 폭스바겐에 가서 영업 방법을 가르치기도 합니다. 새로운 차의 정보는 잊어버리기 때문에 가르칠 수 없으나 고객을 어떻게 접하고 어떻게 파는지 등 내 경험을 바탕으로 영업의 중요한 핵심을 말할 수 있습니다.

앞서도 말했듯 상사는 차를 팔라고만 하니까 영업자는 각자 판매 방법을 생각해야만 합니다. 하지만 신입사원은 경험이 없어서 어떻게 팔아야 할지 당황하기 마련입니다. 내 얘기가 그들이 나름대로 차를 팔 때 힌트가 되었으면 좋겠다는 생각으로 조언하고 있습니다.

그래도 웃으면서 살아갑니다

누군가에게
믿음을
준다는 것

차를 팔기 위해 전단지만 건네는 영업사원도 있는데 그전에 먼저 고객에게 신뢰를 얻는 게 중요합니다. 오랫동안 꾸준히 차를 팔기 위한 최고의 방법입니다. 차를 파는 것만 생각하기보다 어떻게 하면 고객과 친해질지를 생각하는 편이 훨씬 더 일이 편해지는 길입니다.

어떻게 하면 고객이 나를 좋아하게 될지를 고민했을 때 연애와 같다고 생각했습니다. 연애할 때 자주 전화도 하고 문자도 보냅니다. 상대가 좋아하는 것을 알아내려고 질문하고 혹은 머리를 짜내어 편지를 씁니다. 그 순간 이거다 싶었습니다. 고객에게 엽서를 써보기로 한 겁니다.

태풍이 지나간 뒤라면 "어제는 태풍으로 피해가 컸는데 문제는 없었나요?"라고 쓰고, 한여름이라면 "더운 날에는 타이어의 공기압 경고등이 켜지기도 하니까 점검해주세요!"라고 씁니다. 당신에게 마음을 쓰고 있다는 것을 전함으로써 고객에게 인상을 남길 수 있도록 철저히 임했습니다. 연애할 때 좋아하는 상대가 나를 보도록 온갖 일을 하는 것과 마찬가집니다. 상대 입장에 서서 생각하고 행동하면 상대의 호의를 얻을 수 있습니다. 다만 "좋아해요, 좋아해요!"라고 말만 한다고 해서 상대가 봐주지 않듯 자동차 판매도 그저 사달라고 말하기만 해서는 역효과가 납니다.

엽서를 쓸 때는 물론 직접 씁니다. 차를 사달라고는 한마디도 하지 않습니다. 수백 명에게 보내는 것이니까 내용에는 그다지 큰 차이가 없지만 "어제 지진이 있었는데 어떠세요?", "비가 왔는데 괜찮으세요?" 또는 취미나 반려동물 얘기, 고령인 분에게는 손자 얘기 등 그 사람이 좋아할 만한 것들을 생각해 씁니다.

이를 위해서는 정보를 미리 파악해둬야 합니다. 물론 직접 들을 때도 있지만 정비 같은 일로 차가 들어올 때 취미 도구가 차 안에 실려 있거나 어린이 안전띠가 있으면 단번에 알 수 있고 쌓여 있는 CD를 통해 좋아하는 음악도 상상합니다.

애써 엽서를 보내도 보지 않고 버려질 때도 있습니다. 그것을 막기 위해서 일반 우표가 아니라 기념우표를 사용하기도 했습니다. 기념우표라고 다 좋은 게 아니라 보내는 상대에 맞춰 고릅니다. 예를 들면 개를 좋아하는 사람에게는 개가 있는 우표를, 여성에게 보낼 때는 주로 꽃이 있는 우표를 사용합니다. 기념우표는 일반 우표보다 크고 화려해 눈에 잘 띕니다. 마찬가지로 회사와 관계없이 모든 고객에게 개인적으로 연하장과 여름철 안부 엽서도 보냅니다.

이런 방법을 택한 것은 폭스바겐을 사는 고객 중에 회사에서 높은 직책에 있는 분이 많아 평일에 만나는 게 곤란했기 때문입니다. 방문보다 메시지나 엽서가 확실하다고 생각했습니다.

왜 이렇게 손이 많이 가는 일을 하는가? 고객의 집을 방문하는 게 아니라 고객이 먼저 찾아오게 하기 위해서입니다. 편지나 메시지도 중요하나 고객과 친해지기 위해서는 결국 만나야 합니다.

돈보다 중요한 것은 오래 유지하는 관계

나는 가격 할인을 거의 하지 않는 영업사원이었습니다. 당시 폭스바겐 차를 파는 회사의 매장은 네 군데 있었습니다. 경쟁이 붙었죠. "우리는 20만 엔 할인해드립니다", "아니, 우리 회사는 30만 엔 할인합니다." 이런 경우가 꽤 많았습니다. 하지만 우리 회사는 이익을 제대로 확보하는 것을 전제로 하고 있어서 할인을 거의 하지 않았습니다. 게다가 "다른 회사보다 할인해드릴게요"라고 말하면 그 고객은 다른 회사에 가서 "그 회사에서는 이만큼 깎아주는데"라고 흥정에 이용하는 경우가 종종 있었습니다. 그런 게 싫었기 때문에 분명하게 "할인은 할 수 없습니다"라고 말했습니다.

10만 엔을 깎아달라는 말을 들었다고 칩시다.

"가격 할인을 해드릴 수 없지만 앞으로 저희와 오래 거래하실 테니 만약 10만 엔은 그 보증비라고 생각해주십시오."

이렇게 말했는데 사주지 않으면 포기하는 수밖에 없습니다. 하지만 정말 놀랍게도 사주는 고객이 있었습니다. "정말 사십니까?"라고 물으니 "단노 씨는 믿을 수 있으니까요"라고 말해주었습니다. 사이가 편해진 고객에게 상담 중에 "할인 말인데요……" 하고 말을 꺼내니, "단노 씨는 늘 최선을 다해주시니까 알아서 해주세요"라고 대답해주기도 했습니다. 폭스바겐을 사는 사람은 금전적으로 여유가 있는 경우가 많아 그런 일이 가능했을지도 모릅니다.

고객들은 단돈 1~2만 엔이라도 싼 게 좋겠지만 역시 돈이 아닌 부분도 중요하다고 생각합니다. 장기 휴가나 휴일이 많은 점포여서 고객 자동차에 문제가 생겼을 때 매장 휴가와 겹치면 아주 곤란합니다. 당시 우리 회사는 365일 영업하는 곳도 있었기 때문에 "만일 무슨 일이 생기면 저희가 언제든 처리할 테니까 걱정하지 마세요"라고 말할 수 있었습니다. 게다가 매장이 중심가에 있었기 때문에 정비를 맡기고 시간을 보낼 수 있다는 장점도 있었습니다. 이런 장점도 알리며 홍보하기 때문에 고객도 '여기서 살까?' 하는 마음이 든 게 아닐까요.

일에
즐거움을
느끼는 순간들

고객이 나를 믿으면 대부분 점검도 맡깁니다. 고객을 위해 토요일과 일요일은 내 일정에 맞춰 "이 시간은 비어 있는데 타이어 바꾸러 오실래요?"라고 약속을 잡습니다. 고객이 매장을 찾아오면 한 시간 정도 느긋하게 얘기를 나눌 수 있습니다. 게다가 매장에서는 내가 편하게 얘기할 수 있습니다. 소개 중에 필요한 자료도 많이 갖추고 있고 전문 직원도 있어 여러 제안도 할 수 있습니다.

무엇보다 고객이 원하는 차를 들은 대로 팔지 않습니다. 이를테면 젊은 사람에게는 앞으로 가족이 늘어날 수도 있으니까 그때 큰 차로 바꿀 수 있도록 몇 년 뒤에 새로 살 수 있는 납부 방법을 제안하거나 나이가 든 분에게는 부부만 탄다면 연비가 좋고 운전이 쉬운 작은 차를 권합니다. 또 잡담하다가 낚시한다는 말을 들으면 "이런 왜건 차가 편리하죠"라고 소개합니다. 물론 당장은 사지 않지만 언젠가 바꿀 때 그 일을 기억하고 사주는 경우가 있습니다. 지금 파는 게 아니라 고객의 장래도 생각한 긴 안목으로 제안하면 차는 자연스럽게 팔립니다.

어떻게 고객의 흥미를 끌지 생각하는 일은 즐겁습니다. 모두 차를 팔 생각만 하며 우편 광고물을 보내는데 나는 '오늘은 이 사람과 반려동물 얘기를 해볼까?' 하는 생각만 합니다. 그런 일을 매일 하다 보면 고객이 "제가 차를 바꿔야 하는데요"라며 먼저 말을 꺼냅니다.

여담이지만 어떤 고객은 점검할 때 과자 같은 것을 선물로 줍니다. 그 과자를 집에 가져가지 않고 엔지니어에게 주면, 고객이 급해 무리한 요구를 하더라도 "단노 씨의 부탁은 거절할 수 없죠"라고 받아주기 때문에 전체적으로 문제가 잘 해결됩니다. 그럼 매상도 자연스럽게 오릅니다.

자동차는 한 대를 팔면 끝나는 일이 아닙니다. 판매 뒤의 점검과 정비 등에도 고객이 나를 선택하게 해야만 합니다. 즉 팔고 나서가 승부입니다. 예를 들어 센다이 같은 한랭지에서는 스노타이어가 매우 중요합니다. 차뿐 아니라 타이어도 판매하는 것이 중요합니다. 그러려면 고객이 오토백스나 옐로우햇(자동차용품·정비서비스 전문업체)에 가지 않도록 해야 합니다. 신뢰를 얻으면 반드시 나를 찾아오게 됩니다. 어떨 때는 이틀 동안에 20~30세트를 판매한 적도 있습니다. 또 고객이 다른 고객을 소개해주기도 합니다.

덕분에 10년 넘게 알고 지내는 고객도 많습니다. 골프도 종종 같이 쳤습니다. 회사 임원도 자주 불러줬습니다. 모두 싫어할 수도 있었지만 회사에서 벗어나면 그냥 아저씨라고 생각하기 때문에 별 거부감 없이 같이 골프를 쳤습니다.

영업은 힘들다는 이미지가 있는데 내게는 스스로 생각하고 행동한 결과가 나오고, 고객에게 고맙다는 인사를 받는 아주 재미있는 일이었습니다. 결과가 나오면 보상금도 받고 포상 휴가도 가서 보람도 있고 즐겁기도 했습니다.

동료들과의 포상 휴가 여행

2006년 독일 월드컵이 개최됐는데, 상사가 매장에서 제일 성적이 좋으면 일본과 브라질 경기를 보여주겠다고 했습니다. 폭스바겐 측이 경비를 대고 판매 실적이 우수한 영업사원을 독일 본사로 초대해 표창한다는 명목이었습니다. 표창을 받은 뒤 폭스바겐 공장 견학도 있었으나 나머지는 관광이었습니다. 마침 그때 독일에서 월드컵이 열렸기 때문에 다 같이 경기를 보는 것이 포상이었습니다.

당시에는 영업사원 중에서도 가장 성적이 좋았기 때문에 목표 대수에 핸디캡이 있었습니다. 내가 두 대를 팔아야 하면 후배는 한 대만 팔아도 마찬가지로 쳐줬습니다. 모두 평등하게 평가받을 기회를 주는 겁니다. 석 달 남짓한 기간 동안의 판매 대수를 경쟁한 결과, 매상 1위는 나였습니다.

독일에 간 사람은 40~50명 정도였을까요. 다만 영업 직원보다 점장들이 더 많았습니다. 같이 갔던 다른 매장의 점장님들도 나를 무척 귀여워해줬습니다. 폭스바겐의 판매경연대회에 나갔던 것을 기억한 점장님들이 "이 녀석, 롤플레잉(고객과 영업사원으로 역할을 나눠 가상 비즈니스 상담하는 경연 대회)을 정말 잘했어!"라고 말하며 무척 칭찬해줬습니다.

투어를 짜서 여기저기 관광도 했지만 역시 즐거웠던 것은 월드컵 관전이었습니다. 구장에서 경기를 직접 보다니 앞으로도 그럴 기회는 거의 없겠죠. 그때는 정말 흥분했습니다.

힘들 때 함께했던 기억

동일본대지진이 일어났을 때는 매장에 있었습니다. 가족에게 피해는 없었습니다. 1주일 뒤에는 모든 고객에게 전화 또는 메일로 연락을 취했습니다.

먼저 고객 모두에게 전화를 걸었습니다. 물론 연결되지 않는 사람도 있었지만 여러 번 걸어 겨우 통화가 됐을 때 "단노 씨가 처음 연락해준 사람이에요"라고 말해준 사람이 많았습니다. 이럴 때는 전화하면 안 된다고 생각하는 사람이 많죠. 하지만 모두 전화를 받고 기뻐했습니다.

전화하면 "실은……"이라며 얘기를 시작했습니다. "차가 쓸려가서 길가에 있는데 가져오고 싶은데요"라는 말이 나오면 견인

그래도 웃으면서 살아갑니다

차를 직접 운전해 차를 끌어왔습니다. 바닷물에 침수된 차니까 물론 버려야 합니다. 곧 국가에서 처분하기로 결정됐지만 그 전까지는 사비로 처리했습니다. 차를 사게 하는 것보다 폐차 처분을 먼저 해드렸습니다. 하지만 결과적으로 고객들은 차를 샀습니다.

식료품이 없어 곤란했는데 피해 지역 분들이 더 힘들 것 같아서 빵과 라면 같은 것을 최대한 사서 피해 지역에 가져다준 적도 있습니다.

지진이 일어나기 전에 차를 주문했던 고객이 있었습니다. 차가 도착했는데 "취소해도 될까요?"라고 물었습니다. "괜찮습니다. 피차 힘드니까요"라고 말하고 그 차를 마침 차 때문에 어려움을 겪고 있던 다른 고객에게 보냈습니다. 지진 당시 취소했던 사람들은 몇 년 뒤에 상황이 좋아지자 "그때는 고마웠어요"라며 다시 매장을 찾아주었습니다.

16년간의
보람은 쉽게
사라지지 않는다

보통 잘 팔지 못하는 영업사원은 차에 관한 설명을 죽어라 합니다. 하지만 나는 그렇게 하지 않습니다. 예를 들어 고객에게 "차를 어디에 쓰실 겁니까?"라고 묻습니다.

"뭘 실을 겁니까?"

"통근에 사용하세요?"

고객의 말을 듣고 그에 따라 제안할 뿐입니다. 팔지 못하는 영업사원은 자신의 지식을 최대한 말하려고 하는데 그런 건 고객에게는 필요하지 않습니다. 그보다 고객이 어떤 짐을 싣고 어디를 달리는지를 듣고 "그렇다면 이게 좋지 않을까요?"라고 권합니다. 그러므로 때로는 고객이 원하는 차와는 다른 차를 권할 때도 있습니다.

"운전을 잘 못해요."

이렇게 말하는 고객이 있다고 칩시다.

"자주 사람을 태우나요?"

"아니, 그렇지 않아요."

"그럼 폴로로 하면 어떠세요?"

폴로를 원하는 고객이라도 사람을 자주 태운다고 하면 골프를 권합니다. 후진에 서툴다고 하는 고객에게는 이렇게 제안합니다. "뒤에 카메라를 달면 됩니다."

고객에 따라 차는 보기에 좋아야 한다고 생각하는 사람이 있기도 하고 귀여운 차가 좋다는 여성 고객도 있습니다. 하지만 얘기를 듣다 보면 귀여워도 사용이 어려우면 싫다고 생각하는 사람도 있습니다. 그럴 때는 "이쪽이 사용하기도 편해 좋습니다"라고 권합니다. 작은 차가 좋지만 짐도 싣고 싶다면 "뒤로 넘길 수 있는 시트로 하면 어떨까요?"라고 제안합니다. 큰 차가 좋은데 운전에 자신이 없다면 "카메라를 네 귀퉁이에 달면 운전하기 쉬워요"라고 알려줍니다.

고객이 말하는 대로 판매하지 않고 고객에게 가장 적합한 제안을 하는 것이 영업사원의 일이라고 생각합니다. 그래서 어떨 때는 점검하러 온 고객에게 차를 팔 때도 있습니다.

"여기를 점검해도 또 문제가 발생해요. 그렇다면 앞일을 생각해 새 차를 사시면 어떨까요?"

살 생각이 없었던 사람에게 파는 것도 우리 영업의 일입니다. 그렇게 하지 않으면 차는 팔리지 않습니다.

예를 들어 고객과 이런 대화를 한 적이 있습니다.

"지난번 차는 몇 년 만에 교환했어요?"

"3년 만에 바꿨어요."

"그럼 이번 차, 벌써 2년 됐는데 내년쯤 바꿀 생각이세요?"

"음."

"다음에 사면 얼마나 타실 겁니까?"

물론 고객이 바로 차를 사진 않았습니다. 다만 그때 고객이 한 말을 메모했다가 3년이 다 됐을 때 이렇게 말했습니다.

"전에 이런 차가 좋다고 했는데 어때요?"

바로 팔지 않아도 괜찮습니다. 3년 뒤라면 3년 뒤에 팔면 됩니다. 스노타이어를 팔 때도 마찬가지입니다. 팔지 못하는 영업사원은 당장 사라는 권유부터 하기 쉽습니다.

"타이어의 홈이 없네요. 당장 사셔야 해요."

스노타이어는 싸지 않기 때문에 계획에 없던 돈을 바로 쓰기는 힘듭니다. 나는 손이 작아 그렇게 하지 못합니다. 타이어의 홈을 보고 이렇게 말합니다.

"지금처럼 사용하시면 올해까지는 괜찮겠지만 내년은 안 되니까 지금부터 돈을 모으세요."

그리고 다음 해에 전화합니다. 고객은 이 말을 듣고 1년 뒤를 위해 돈을 모았기 때문에 반드시 사줍니다. 덕분에 이틀 동안 스노타이어 20세트를 팔기도 했습니다.

영업사원은 끊임없이 영업해야 합니다. 올해만 할 게 아닙니다. 내년을 위한 고객도 준비하는 게 중요합니다.

우연히 시작한 영업 일이지만 즐거웠습니다. 그렇게 자동차 판매를 16년이나 해왔습니다. 영업사원으로서 보람과 목표를 느끼고 있던 차에 갑자기 알츠하이머가 찾아온 겁니다.

솔직하게
말할 수 있는
분위기

내가 일하는 넷츠도요타 센다이 지점은 사원이 450명 정도인 회사입니다. 미야기현에 도요타 계열사가 몇 개 있는데 그중에서도 우리 회사는 정말 바쁜 회사입니다. 그래선지 우울증에 걸린 사람도 있는데 사장님은 병에 걸려도 돌아올 수 있으면 언제든 돌아오라고 말하는 사람입니다.

하지만 나처럼 치매인을 일하게 하는 것은 처음이라, 회사에서도 무슨 일을 시키면 좋을지, 뭘 할 수 있을지 정말 많이 고민했다고 합니다. 처음에는 정말 곤란하지 않았을까요. 다행히 실제로 일을 해보니까 치매라도 웃으며 평범하게 출근하고 일의 실수도 적어 최근에는 다른 사람도 '할 수 있구나!'라고 느끼는 것 같습니다. 주위 사원도 치매가 진행되면 일할 수 없다고 생각해 어떤 일을 하게 하면 좋을지 몰랐다고 합니다. 지금은 괜찮다고 생각해주는 것 같습니다.

가장 좋은 것은 할 수 없는 일이나 무슨 소린지 모르게 되었을 때 "잊어버렸어요. 이것 좀 알려주세요"라고 말할 수 있는 회사 환경입니다. 그냥 그것만으로도 아주 편합니다.

노트에 적지 않으면 어떻게 된 건지 몰라 멍해질 때가 있습니다. 그럴 때는 같은 부서의 직원이 말을 걸어오는데 솔직하게 "이걸 까먹었으니까 좀 알려줘요"라고 묻습니다. 함께 일하는 이 여성은 스무 살을 갓 넘겨, 굳이 말하자면 우리 딸과 비슷한 나이입니다. 어느 정도 나이가 되면 스물 언저리 후배에게 "가르쳐줘요"라고 말하며 고개를 숙이는 걸 어려워하는 경우가 많겠죠. 하지만 나는 상대가 몇 살이든 아주 편안하게 묻습니다. 그런 질문을 하는 것에 자존심이 다칠 일은 없습니다. 내가 아무렇지 않게 물으면 "이거예요"라며 친절하게 알려주기 때문에 스트레스가 되지 않습니다. 자존심이 지나치게 높으면 젊은 사람과 얘기할 귀한 기회가 있어도 스스로 막아버립니다. 그럼 결과적으로 자신만 괴로울 뿐입니다.

같은 부서 여성 후배와는 둘이 일하는 경우가 많았기 때문에 자주 일상 얘기를 했습니다. 어느 날, 강연 얘기를 하자 주로 어떤 얘기를 하는지 물었습니다. 스스로 설명하기보다 강연 원고를 보여주는 게 빠르겠다는 생각에 보여줬습니다. 그 뒤로는 일하는 중에 먼저 내 상태를 알아주고 그 상황에 맞게 머리에 부담이 되지 않을 일을 주기도 하더군요. 그때 원고를 보여주길 잘했다고 생각합니다. 지금은 "잊어버렸어요. 좀 알려줘", "오늘은 몸 상태가 나쁘니까 이 일을 할게요"라고 웃으며 말할 수 있습니다. 반대로 그녀가 곤란한 상황일 때는 내가 할 수 있는 범위에서 돕습니다.

원고를 보여준 것을 계기로 일이 아주 편해졌습니다. 동시에 주위 사람에게 치매라는 병을 알릴 수 있는 소중함을 통감했습니다. 지금은 당당하게 "저는 치매입니다"라고 말할 수 있는데 대학병원을 막 퇴원했을 때는 정말 고민이 많았습니다. 하지만 지금은 회사에 알리길 잘했다고 생각합니다.

그래도 웃으면서 살아갑니다

내가 일상을
기억하는
방식

✿

치매 진단 이후에는 어떻게 일하는지 궁금해하는 사람이 많습니다. 우선 기본은 배운 일의 순서를 노트에 적습니다. 그걸 보면 일을 할 수 있습니다. 회사에서는 노트를 두 권으로 나눠 사용하고 있습니다. 한 권은 일하는 방식을 적는 노트입니다. 다른 한 권은 한 달 동안 무슨 일을 할지(계획), 매일 무엇을 했는지(행동 기록)를 적는 노트로, 일이 끝날 때마다 표시해 확인합니다.

일의 내용은 기억하지 못하기 때문에 같은 일을 해도 매번 새 일을 하는 것 같습니다. 그래도 일을 해내는 것은 이 노트가 있기 때문입니다. 자신의 기억을 믿지 못해 수없이 수정하니까 시간은 걸려도 실수는 적습니다.

보통은 이렇게까지 기록하지 않겠지만 언제, 어디의 누구와 통화했는지, 어떤 내용이었는지를 모두 적어둡니다. 그렇게 하지 않으면 상사에게 "거기 전화했어?"라는 질문을 받았을 때 대답할 수 없습니다. 모두 노트에 적기 때문에 결과적으로 다른 사람보다 더 많이 기억하게 됩니다. 사장님은 "일 잘하네!"라고 말하는데 사실 내가 불안해서 시작한 일입니다.

예를 들어 퇴직금 지급 조항을 조사할 때 컴퓨터의 어떤 폴더를 열어야 할지 모르기 때문에 '인사 폴더 → 지급 폴더'처럼 순서대로 열면 되도록 노트에 순서를 적습니다. 이것을 보면 나뿐만 아니라 누구나 쉽게 찾아볼 수 있습니다. 보통은 그런 것은 그냥 외우거나 기록해도 마지막 폴더만 적겠지만 내 경우는 그래선 곤란합니다.

마지막 폴더를 열어 전표를 작성할 때도 '1번 프린터, B5로 인쇄'라고 적었기 때문에 프린트 방법을 틀리는 일도 없습니다. 이 노트만 있으면 평범하게 일할 수 있습니다.

주위 사람에게는 아무렇지 않게 일하는 것처럼 보이니까 '저 사람 정말 치매일까?'라고 생각하겠죠. 하지만 보통 사람같이 일하는 것처럼 보이는 것뿐입니다. 나름 아주 사소한 일이라도 머리를 최대한 써서 생각하고 있습니다.

갑자기 뭔가가 바뀔 때가 가장 힘듭니다. 예를 들면 컴퓨터를 사용하고 있는데 '업데이트하시겠습니까?'라는 메시지가 뜨면서 자동으로 갱신할 때가 있습니다. 그러면 큰일입니다. 업데이트되어 순서가 완전히 바뀌면 아무것도 할 수 없어집니다. 내게는 악성 바이러스에 걸린 것과 마찬가지입니다. 그것만은 피하

그래도 웃으면서 살아갑니다

고 싶습니다.

평범함을 지켜주는 특별한 메모법

지금 내가 회사에서 하는 일은 사원의 퇴직금 관리입니다. 도요타 기금과 확정납부연금에서 돈을 지급하기 위한 일람표와 전표를 작성합니다. 물론 전표를 봐도 바로 잊어버리기 때문에 노트를 보면서 작업을 진행합니다.

예를 하나 들어 연금 서류가 도착하면 전표와 목록을 만드는 작업이 있습니다. 그런데 그 서류가 언제쯤 도착하는지를 잊어버리기 때문에 우선 노트를 보고 며칠에 발송해주는지를 확인합니다. 도착하면 그 서류를 분류하고 철이 되어 있는 파일 장소를 노트로 확인합니다. 노트에는 어떤 책장, 몇 번째 몇 번 칸이라고 적어뒀기 때문에 그것을 보면서 파일을 꺼냅니다. 만약 서류가 다른 장소에 보관돼 있으면 당황스럽습니다. 다음으로 컴퓨터 속 목록과 전표를 찾는데 이것도 어디에 보관돼 있는지, 노트에 자세히 적었기 때문에 그것을 보면서 순서대로 수행합니다. 이 파일도 다른 곳에 있으면 모든 파일을 열어봐야 하니까 정말 큰일이 됩니다.

이걸로 한 가지 일이 끝난 건데 상사에게 제출하기 전에 정말 다 됐는지, 다시 한번 노트를 보면서 점검합니다. 그래도 불안해지면 날짜나 숫자가 잘못된 부분은 없는지 또 대조합니다. 그렇게 한 뒤에야 비로소 상사에게 제출합니다.

상사에게 제출하면 한 달 업무 일정이 적힌 노트에 끝났다는 표시로 동그라미를 칩니다. 이걸로 정말 하나의 일이 끝난 겁니다. 물론 며칠 뒤에 그 동그라미를 봐도 그 일을 끝냈다는 기억은 없습니다.

다만 때때로 불안해져 동그라미가 돼 있는지를 확인하고 끝났구나 하고 스스로 다독입니다. 한 가지 일을 하는 데 이렇게 많은 에너지를 쓰기 때문에 모든 게 끝났을 때는 정말 피곤합니다. 병에 걸리기 전이었다면 아무것도 보지 않고 모든 것을 해냈겠죠. 확인 같은 것도 하지 않고 단번에 상사에게 제출했을 겁니다.

나 스스로 과거의 자신과 지금의 자신은 다르다는 것을 압니다. 그렇지만 노트를 보면서 별일 없는 것처럼 일합니다. 정말 최선을 다해 '평범함'을 유지하고 있는 겁니다.

그래도 웃으면서 살아갑니다

매년 신년 판매 행사에도 직원으로서 빠짐없이 도우러 갑니다. 1월 2일에 시작하며 고객이 많이 찾아오는 행사입니다. 작년에는 영업 담당 직원이 두 명밖에 없었기 때문에 비즈니스 상담에 참여했는데 올해는 영업 담당 직원이 많아서 아직 담당 직원이 붙지 않은 고객과 대화를 나누면서 바로 영업사원에게 바통 터치하는 역할을 했습니다.

차를 사고 싶어 하는 고객이 있었는데 내가 영업사원과 연결시켜준 뒤 바로 샀습니다. 실은 그때 샀다는 것을 모르고 다른 날, 우연히 그 고객과 길에서 만나 알게 되었습니다. 물론 고객의 얼굴도 이름도 잊었습니다. 처음에는 왜 내게 말을 걸었는지 몰랐지만 그가 이렇게 말했습니다.

"단노 씨와 얘기한 뒤 텔레비전을 봤어요. 단노 씨, 병이 있으셨더군요."

"네, 그렇습니다. 그래서 본사에 있습니다."

"그랬구나. 그때 단노 씨가 차 설명을 잘해줘서 나중에 그 차를 샀어요."

"예? 고, 고맙습니다."

이런 일도 있었습니다. 후배가 얘기하는 모습을 옆에서 보고 있었습니다. 그런데 고객이 돌아가려고 했습니다. "잠깐만! 왜 저 고객이 그냥 가는 거지?"라고 물었더니 후배는 이렇게 말했습니다.

"고객은 사고 싶은 자동차 차종도 등급도 색깔도 다 정해놓았는데 그 차는 특별사양 차량이라 아직 카탈로그가 오지 않았거든요. 카탈로그가 오면 다시 연락드린다고 했어요."

하지만 내가 보기에는 당장 구매 의지가 있는 고객이었습니다. 그대로 돌아가게 하는 것이 안타까워 후배에게 말해 고객에게 이렇게 말했습니다.

"이 차는 아직 카탈로그가 오지 않았으나 한정 차량이라 바로 팔릴 가능성이 있습니다. 이 자리에서 주문서를 작성하세요. 다음에 카탈로그가 도착하면 바로 보내드리겠습니다."

부품 같은 것은 카탈로그가 도착한 뒤에 정해도 되니까 일단 자동차만 먼저 예약해두자는 겁니다. 그렇게 설명하자 물론 고객도 흔쾌히 승낙했습니다.

후배는 "괜찮을까요?"라고 말했는데 사실 카탈로그가 와서 보내면 마음이 변했다고 할 때가 있습니다. 경험상 그런 실패가 자주 있었습니다. 오히려 지금 주문하면 고객은 자신이 결정했기 때문에 마음이 변하지 않습니다.

자동차 색깔을 빨강으로 할지 파랑으로 할지를 놓고 고민하는 고객에게 "하룻밤 생각해보세요"라고 말하고 돌려보내려는 후배도 있었습니다. 그때는 일단 빨간색으로 주문을 받고 "하룻밤 생각하시고 파란색으로 바꾸고 싶으시면 전화를 주세요"라고 말하면 대체로 그렇게 결정되는 경우가 많습니다. 그러지 않으면 다른 매장에서 판매합니다. 또는 부인과 싸우고 "이번에는 사지 않기로 했습니다"라고 말할 때도 있습니다. 이런 판매 방식은 다양한 실패를 경험했기 때문에 비로소 알아낸 것입니다.

지금의 나는 고객의 얼굴이나 이름을 기억하지 못하고 서류도 작성할 수 없어서 영업은 할 수 없으나 고객에게 자동차를 설명할 능력은 아직 있습니다. 그래서 고객과 이야기를 나눈 뒤 영업사원에게 바통 터치를 하는 것 정도는 앞으로도 되도록 돕고 싶습니다.

내가 후배에게 조언할 수 있을까?

지금 인사에서 채용 담당도 맡고 있습니다. 구직 활동을 하는 학생들 채용 설명회에서 회사 개요 등을 파워포인트를 사용해 얘기합니다. 물론 이때는 상사도 있어서 지침대로 말합니다. 그 뒤로 학생이 개별적으로 하나나 둘씩 회사를 방문하면 일대일로

만납니다. 개인 면담이므로 주위에 아무도 없으니까 편안하게 얘기할 수 있습니다.

회사를 찾아온 학생에 대해서는 물론 평가를 합니다. 차는 주택을 사는 것과 마찬가지로 비싼 물건이므로 고객과 제대로 관계를 맺을 수 있을지 등을 봅니다. 다만 '영업은 차를 팔기보다 어떻게 사람의 호감을 얻느냐가 더 중요하다'라는 말을 하고 싶습니다.

대체로 학생들은 "영업은 정말 힘드네요"라고 말합니다. 하지만 나는 "아니, 힘들지 않아요. 즐거운 일이지요"라고 편안하게 말합니다.

"차를 팔려고 하니까 힘든 거예요. 어떻게 차를 팔지를 생각하기보다 어떻게 이 사람에게 호감을 얻을지를 항상 생각하면 돼요. 졸업까지는 아직 1년 남았지요? 영업에서 최고 자리에 오르고 싶다면 상대가 남성이든 여성이든 좋으니까 칭찬을 생각해봐요. 우선 하루에 한 번씩 누군가를 칭찬하는 거지요. 옷이든 뭐든 좋으니까 칭찬하는 습관을 만들어봐요.

이를테면 '오늘 옷을 보니 봄이네!', '오늘 가방 참 좋다!' 이런 말을 하루에 한 번씩 용기를 내서 해보는 거죠. 그런 걸 계속하면 영업 일을 시작했을 때 사람과 말하기 쉽고 자연스럽게 입에서 나오니까요."

예를 들어 여성들은 손톱 관리를 좋아합니다. 여성이 손톱을 관리하는 것은 다른 사람에게 보여주기 위해서가 아니라 자기만

족을 위해서이기도 합니다. 그런 부분도 칭찬 포인트가 됩니다. 자신이 좋아서 즐겁게 하는 일을 누군가 칭찬해주면 여성이 아니라도 기쁩니다. 사람을 칭찬할 수 있으면 앞으로 어떤 직업을 갖더라도 도움이 될 겁니다.

학생들에게 우리 회사는 정말 바쁘다고 분명히 얘기합니다. 하지만 즐겁다는 말도 빼놓지 않습니다. 그리고 이렇게 조언합니다.

"그래도 많은 회사를 보는 게 나아요. 최대한 살펴보고 최종적으로 이 회사가 좋다는 생각이 들면 들어와요."

그런 얘기를 하면 뭔가를 느꼈는지 꽤 많이 지원해줍니다. 스스로 생각하고 결정한 것이기 때문에 입사하고 조금 힘들더라도 쉽게 그만두지 않습니다. 쉽게 들어온 사람은 쉽게 그만둡니다.

일할 수
있다는 걸
증명하고 싶다

✽

치매라도 일할 수 있다는 것을 증명하려 해도 역시 주위 도움과 본인의 노력이 없으면 정말 어렵습니다.

치매인은 기분이나 몸 상태의 변화가 정말 큽니다. 그래도 나는 제일 좋아하는 옷을 입고 잘 꾸민 다음 신나는 음악을 들으면서 회사에 가려고 합니다. 특히 양복 입는 걸 좋아합니다. 하지만 하얀 와이셔츠는 그다지 입지 않습니다. 하얀색은 장례식 정도에만 입고 평소에는 파란색이나 핑크색, 여름에는 7부 소매의 와이셔츠를 입습니다. 회사에 도착하면 평소보다 더 밝고 큰 목소리로 "좋은 아침입니다!"라고 인사합니다. 그럼 기분이 훨씬 좋아집니다.

그래도 상황을 보고 몸 상태가 좋지 않으면 일의 방식을 조금 더 생각합니다. 억지로 어려운 일을 해도 실수할 뿐입니다. 간단

그래도 웃으면서 살아갑니다

한 분리 등의 일을 하다가 상태가 좋아지면 머리를 쓰는 일로 바꿉니다.

장년층 치매로 진단되면 80퍼센트 정도는 일을 그만두게 됩니다. 왜 그만두게 될까요? 치매에 걸리면 아무것도 모르게 돼, 일 같은 것은 할 수 없어질 거라고 믿고 있기 때문이 아닐까요? 하지만 아닙니다. 치매에 걸려도 주위 사람의 이해와 협력, 본인의 강한 의사만 있으면 일할 수 있습니다.

실수하면 어쩌지, 주위 사람에게 피해를 주면 어쩌지, 그런 불안이 휩싸이는데 실제로 그런 상황을 견디지 못하고 일을 그만두는 사람이 많습니다. 하지만 생각해보면 보통 사람도 실수는 합니다. 치매에 걸려도 항상 어떻게 하면 실수하지 않을지를 생각하며 일하면 실패가 줄어들지 않을까요.

치매인이 일을 계속하는 것은 힘들지만, 치매 때문에 아무것도 할 수 없는 게 아닙니다. 중요한 것은 주위의 협력만 있으면 많은 것들이 가능하다는 겁니다. 사회가 그런 점을 인정해주면 치매 진단 후에 80퍼센트의 사람이 그만두지는 않을 겁니다.

그런 사실을 많은 사람에게 알리고 싶습니다. 그리고 치매를 이유로 괴롭힘을 당하거나 일을 그만두게 만드는 일이 없도록 스스로 계속 일하고 싶습니다.

무리하지 않는 선에서

지금은 업무 시간을 한 시간 단축해 근무하고 있습니다. 별일 없으면 4시 30분이면 업무를 끝내고 6시경에는 집으로 돌아옵니다. 처음 사장님에게 잔업은 할 필요 없다는 말을 들었을 때 그대로 받아들이고 5시 30분에 퇴근했습니다. 반년 뒤, 차로 통근하지 말고 대중교통을 이용해 오라는 말을 들었을 때도 운전이 힘들어졌기 때문에 그대로 받아들였습니다. 그 뒤로 늦게 오고 일찍 퇴근하면 어떠냐는 말을 들었을 때는 자존심이 용납하지 못해 "싫습니다. 다른 사람처럼 하게 해주세요"라고 대답했습니다.

1년 뒤, 상사에게 "저녁이 되면 힘들어 보여"라는 말을 들었습니다. 실제로 4시 30분이나 5시가 되면 머리가 무거워 뇌가 전혀 움직이지 않는지 일에서도 실수만 했습니다. 계산기를 두드려도 숫자가 맞지 않았습니다. 다음 날 아침, 전날 저녁에 했던 일을 확인하면 거의 틀려 있었습니다. 그래서 저녁 업무는 반드시 다음 날 확인하려고 합니다. 그래도 다른 사람과 같이 있으려는 마음이 강해 "얼른 가라"고 해도 "괜찮습니다"라고 말했습니다.

몇 개월 뒤 다시 불려가 "힘들어 보이니까 일찍 퇴근하면 어떻겠어요?"라는 말을 들었을 때는 더는 할 말이 궁해져 "생각해보겠습니다"라고 보류했습니다. 상사가 그토록 이상하다고 하는 걸 보면 아무래도 주위 사람들이 보기에도 지친 기색이 역력해서였겠죠.

아내에게 걱정을 끼치고 싶지 않았기 때문에 다음 날 치매인 가족 모임에 가서 상담했습니다. 그때는 와코 씨에게 울면서 상담했던 것으로 기억합니다. 지금 생각하면 자신의 자존심에 상처를 입은 것과 시간 단축을 받아들이면 점점 일할 수 없게 되는 게 아닐까 하는 불안을 느꼈던 것 같습니다. 하지만 와코 씨가 "주위에 걱정을 끼치는 것은 좋지 않다"라고 말해 일찍 퇴근하기로 했습니다. 근무시간 단축을 결단했을 때는 정말 마음이 아팠습니다.

현재는 하루 일의 흐름을 스스로 결정합니다. 아침에는 상태가 좋으니까 대체로 일이 잘되는데 저녁이 되면 역시 피곤해지는지, 여러 번 해도 잘되지 않습니다. 왜 나쁜지, 뭐가 나빠서 진행이 안 되는지, 잘 모르겠습니다. 그래서 계산처럼 머리를 쓰는 일은 상태가 좋은 아침에 하고, 저녁에는 택배용 상자를 만드는 등 단순 작업을 하는 스스로 조정하면서 일하고 있습니다.

상태가 좋다고 해도 한 시간에서 한 시간 반 정도만 유지되기 때문에 머리를 쓰는 일은 기껏해야 11시까지입니다. 11시에서 12시까지는 머리를 쓰지 않는 일을 하고 점심을 먹은 다음에는 20분 정도 소파에 누워 잡니다. 단순히 눕기만 하는 게 아니라 정말로 잡니다. 꿈을 계속 꾸기 때문에 푹 잘 순 없지만 그래도 반드시 잡니다. 뇌를 쉬게 하면 다시 살아나 한 시간쯤 일할 수 있습니다.

아마 아무것도 생각하지 않는 시간이 필요한 것 같습니다. 걸을 때도, 아무 생각 없이 멍하니 걷는 것만으로 뇌가 부활합니다. 퇴근길 전철에서는 음악을 들을 때도 있습니다. 음악은 듣기만 하면 그다지 뇌에 들어오지 않는 모양입니다. 집에서도 텔레비전을 보면 피곤해지는데 음악은 들어도 피곤하지 않습니다. 청각과 시각은 뇌의 피로도 면에서 상당히 다릅니다.

내 경우 뇌를 20분 정도 쉬게 하는데 다른 치매인에게 물어도 역시 10분에서 20분 정도였습니다. 오래 잘 필요 없이 짧은 시간 동안 뇌를 쉬게 하면 다시 시작할 수 있습니다. 아마도 뇌가 늘 활성화해 있으니까 폭주하지 않도록 잠시 쉬게 할 필요가 있을지 모릅니다. 꿈을 너무 많이 꿔서 피곤한 채 깨도 역시 일어나 10분쯤 머리를 쉬게 하면 다시 잘 수 있습니다.

하지만 역시 저녁이 다가오면 피곤해 머리를 쓰지 않는 단순한 일만 할 수 있습니다. 다행히 상사는 오늘 중으로 반드시 끝내야 하는 일은 주지 않기 때문에 초조해하지 않고 일할 수 있습니다.

출퇴근길을
함께하는
낯선 사람들

상사에게 근무시간을 단축하면 어떻겠냐는 제안을 받고, 퇴근하는 중에 길을 헤매고 말았습니다. "힘들어 보이니까 근무시간을 줄이면 어때?"라는 말을 들었을 때는 앞으로 점점 일이 불가능해질 것 같아 상당히 낙담했습니다. 지하철을 타고 가는 도중 이유는 모르겠지만 이즈미 중앙역에 도착했다고 착각하고 내려버렸습니다. 갑자기 눈앞에 평소와 다른 풍경이 펼쳐지자 그 자리에 우두커니 멈춰 서고 말았습니다.

　내리는 역을 착각했던 겁니다. 어떻게 하면 좋을지 몰라 머릿속은 새하얘졌습니다. 어떻게 해야 할지 몰라 그저 눈물만 흘렸습니다. 이때 내가 할 수 있었던 일은 역무원에게 정기권을 보여주는 것뿐이었습니다.

　정기권에는 장년층 치매라는 것과 어느 역에서 내리는지를 적은 카드가 끼워져 있습니다. 역무원은 그것을 보고 "집에 전화했어요?"라고 물었습니다. 그 말을 듣고서야 처음으로 집에 전화하는 방법이 있다는 사실을 깨달았습니다. 하지만 극도의 혼란 상태였기 때문에 휴대전화가 가방 어디에 들어 있는지, 휴대전화 어떤 버튼을 눌러야 좋을지 알 수 없었습니다.

조금씩 침착해진 뒤 겨우 집에 전화를 걸었지만 아무도 없었습니다. 왜 아내의 휴대전화에 전화하지 않았는지, 한참 뒤에 깨달았지만 일단 동요하면 그것조차 모릅니다.

역무원에게 전화가 안 된다고 하자 친절하게 종점까지 가는 전철을 알려줬습니다. 그분으로부터 "이즈미 중앙역에 연락해 둘 테니까 그 역에서 역무원에게 물어봐요"라는 말을 듣고 전철을 탔습니다. 이즈미 중앙역에서 역무원이 기다리고 있었을 때는 정말 안도했습니다. 역무원 덕분에 버스 정류장까지 찾아갈 수 있었습니다.

버스에는 탔는데 평소와는 달랐기 때문에 너무 불안해 계속 정기권 지갑만 봤습니다. 하차 버튼을 누를 타이밍을 알 수 없었습니다. 어떻게 하지, 하고 당황해하고 있는데 옆에 있던 사람이 버튼을 눌러주고 "여기서 내려요" 하고 알려줬습니다. 내내 정기권 지갑을 보고 있으니까 이상하게 여겼겠죠. 어쩌면 지갑의 카드를 봤을지도 모릅니다.

불안과 스트레스가 생기면 실수도 늘어납니다. 역시 불안과 스트레스를 줄이는 것이 치매인이 편안하게 지낼 수 있는 비결이

그래도 웃으면서 살아갑니다

아닐까요. 통근 중에는 힘든 일이 많아도 오히려 치매를 앓았기 때문에 주위 사람의 친절함을 느낄 수 있게 되었습니다.

버스를 놓쳐도 자책하지 않기로

퇴근길은 회사를 나오면 오로지 역을 향해 걷기만 하는데도 머리가 무거워 아주 힘든 시간입니다. 이럴 때는 카드를 잘못 넣어 문이 닫히는 일도 종종 있습니다.

돌아오는 길은 노선이 다르지만 지하철도 반대 방향으로 타지 않는 한 둘 다 종점까지 가기 때문에 안심입니다. 모두 내릴 준비를 하면 종점이라는 걸 알기 때문에 다른 사람들을 따라서 같이 내립니다.

집으로 가는 길에서 가장 어려운 관문은 버스를 타고 오는 겁니다. 무엇보다 자신이 내릴 정류장을 잊기도 하고, 기억하더라도 미리 버튼을 누르는 것을 잊기도 합니다. 마침 같은 곳에 내리는 사람이 있으면 그 사람이 버튼을 누르기 때문에 나도 내릴 수 있는데, 정류장에 내리는 사람이 나 혼자면 아무도 버튼을 누르지 않아서 내려야겠다고 생각만 하다가 잊어버리고 맙니다.

버스가 멈추지 않고 눈앞에 있는 우리 집을 지나칠 때도 종종 있습니다. 내려야 한다고 생각하긴 하는데 버튼을 누르지 않았으니까 버스가 멈출 일은 없습니다. 버스 정류장은 우리 집 바로 옆에 있습니다. 정원을 가꾸고 있던 아내가 버스를 탄 채 그냥 지나가는 날 보고 웃으면서 손을 흔든 적도 있었습니다. 그럴 때는 서둘러 버튼을 누르고 다음 정류장에 내려 걸어서 돌아옵니다. 지나쳐도 다시 걸어가면 된다고 생각하니까 크게 신경 쓰거나 자책하지 않습니다.

그래도 웃으면서 살아갑니다

5장

매일 절망해도,
매일 일어선다

나 혼자
유명해지는 건
소용없다

진단을 받은 뒤 4년간을 돌아보면 내 인생은 완전히 바뀐 것 같습니다. 뭐라고 해야 할까요. 최근에는 여러 지역에서 강연 의뢰가 오고, 갑자기 다른 나라 사람들과도 교류하니 나도 얼떨떨한 기분이 듭니다. 물론 나는 변한 게 없다고 생각합니다. 보통 사람처럼 지낼 생각이지만 주변이 완전히 변하기 시작해 뭔가가 달라진 것 같습니다. 나는 지금까지처럼 평범하게 일하고 가끔 강연할 생각인데 강연은 전과 달리 늘 만석입니다. 내가 놀라면 "단노 씨는 유명하니까요"라고 말하는데 스스로는 잘 실감할 수 없습니다. 나와 주위 사람의 견해가 다를지도 모릅니다. 사실 조금 걱정도 됩니다.

얼마 전에도 와코 씨에게 이렇게 말했습니다.

"지금 오렌지도어를 포함해 센다이 지역은 나를 중심으로 움직이고 있는데 이래선 안 된다고 생각해요. 역시 나 이외의 사람들도 차차 나서야 해요. 나는 오렌지도어의 운영에만 관여하고 다른 치매인이 현장을 이끌어가는 게 좋지 않을까요? 가능한 많은 사람들과 역할을 분담하는 게 좋죠."

2016년 9월에 스코틀랜드에서 치매에 대응하는 현장을 보러 갔을 때도, 같은 해 11월에 오키나와에 갔을 때도 오렌지도어를 다른 치매인에게 맡겼습니다. 일 자체는 잘 진행됐습니다. 파트너인 와코 씨는 우리가 없어도 잘 돌아가는 게 어딘지 섭섭했던 모양입니다.

하지만 난 별생각이 없습니다. 오히려 다른 치매인들이 열심히 해줘서 내가 나설 일이 줄어드는 것이 좋습니다. 자기 생각을 솔직하게 말할 수 있는 당사자가 많이 등장하지 않으면 오렌지도어나 강연은 의미가 없습니다. 내가 바빠질수록 다른 치매인이 나설 기회가 줄어듭니다. 날 대신할 사람이 나타나면 그를 돕는 것 정도로 충분합니다. 유감스럽게도 지금은 아직 그런 사람이 나타나지 않았기 때문에 최대한 강연 의뢰를 수락하고 있는데 언제든 다른 이들을 지원하는 쪽으로 가야 합니다.

단노 도모후미라는 사람이 상징처럼 되면 틀림없이 어디선가 한계에 이르고 맙니다. 그게 아니라 가능한 한 많은 치매인이 직접 가까운 사람에게 말하고 지역 사람들에게 목소리를 높이는 게 중요합니다.

여담이지만 내가 유명해졌다는 걸 실감한 일이 딱 하나 있습니다. 회사에서 '포켓몬고(Pokémon GO)'가 유행해 젊은 직원이 "단노 씨도 해봐요!"라고 권해 시작했습니다. 어느 날, 친구와 만나기로 해서 약속까지 30분쯤 남는 시간을 보낼 겸 포켓몬고를 시작했습니다. 그런데 옆에서 "단노 씨죠?"라며 누군가 말을 걸어왔습니다. "지금 길을 잃으셨죠? 근처까지 제가 같이 가드릴게요." 나름 용기를 내어 말을 걸어주는 걸 텐데 사실 지금 포켓몬고를 하고 있었다고 말할 수 없었습니다. "아아, 고맙습니다!"라고 말하고 어쩔 수 없이 함께 역까지 가야 했습니다.

걸으면서 그분이 이렇게 말했습니다. "실은 얼마 전 텔레비전에서 단노 씨를 봤어요. 그래서 지금 길을 헤매고 계신다고 생각해서 말을 걸었어요."

이런! 그래서 더 이상 센다이 시내에서 포켓몬고를 할 수 없게 되었답니다.

네가 잊어도 우리가 기억할게

퇴원하고 1년쯤 지났을 때입니다. 입원 중에 병문안을 왔던 친구가 연락해, 졸업생 모임에 오라고 불렀습니다. 하지만 모두의 얼굴을 제대로 기억할까, 옛날 일을 잊지는 않을까 하는 불안에 결국 "나는 그다지 가고 싶지 않아. 어떻게 하지?"라고 말했습니다. 그러자 친구가 말했습니다.

"(치매라고) 말하면 되잖아."

친구들이 병을 이해해줬으면 하는 마음도 있었기 때문에 망설이지 않고 '그럼 과감하게 말해볼까?' 하고 결심했습니다. 약속한 가게에 가자 남자학교였던 터라 남자만 일고여덟 명이 모여 있었습니다. 모두에게 자연스럽게 말했습니다.

"실은 치매 진단을 받았어."

그렇게 말하자 친구들은 "이 나이가 되면 다양한 병이 있기 마련이지. 나도 이런 병으로……"라며 자신의 병을 얘기하기 시작했습니다. 몇 년에 한 번씩밖에 만나지 못했는데 분위기는 이전과 전혀 다르지 않았습니다. 그런 친구들의 다정함을 느낄 수 있어서 기뻤습니다.

"다음에 만날 때 모두를 잊을지도 몰라. 미안해."

술을 마시다가, 농담처럼 이렇게 말했으나 사실은 병이 진행돼 정말 몰라볼 수도 있었습니다. 그런데 다들 이렇게 말해줬습니다.

"괜찮아. 네가 잊어도 우리가 기억할 테니까."

"잊지 않게 정기적으로 만나자."

너무 기뻐서 뭐라고 해야 할지 알 수 없었습니다. 그때까지 병에 걸려 모두와의 관계가 끊어질까 걱정했는데 친구들의 한마디에 모든 걱정이 날아갔습니다. '자신이 모두를 잊어도 모두는 나를 기억해줄 거야. 그걸로 충분하지 않을까' 하고 마음속으로 읊조렸습니다.

앞으로 병세가 진행되면 많은 사람의 얼굴을 잊을지 모릅니다. 하지만 내가 모르게 되더라도 모두가 나를 잊어주지 않는다.

그래도 웃으면서 살아갑니다

이렇게 멋지고 강력한 말은 없었습니다. 잊어도 괜찮지 않나! 이때부터 그렇게 생각하고 살아가려고 생각하게 되었습니다.

　최근에는 모일 때마다 "아직 기억해?"라고 묻습니다. 모두가 날 걱정해주고 있다는 사실에 고마워하고 있습니다.

"괜찮다"고
말해줄 사람이
있다는 것

지금 생각해보면 치매 진단을 받았을 때는 외톨이라 상담할 사람도 없어 너무 불안했습니다. 앞으로 어떻게 하면 될까, 어떻게 생각해야 좋을까. 그런 생각을 하면 너무 불안해 무너질 것만 같았습니다. 지금도 불안이 사라진 것은 아닙니다. 최근에도 어떤 강연회에서 치매 진단을 받고 낙담해 있는 자신에게 지금이라면 어떤 말을 해주겠냐는 질문을 받았습니다.

"괜찮아. 다 괜찮아."

그 말을 하자 갑자기 가슴이 먹먹해지고 말문이 막혔습니다. 왠지 모르겠지만 과거가 아닌 현재의 내게 '괜찮다'라고 다독이는 것만 같았습니다. 역시 아무리 웃고 있어도 불안은 완전히 사라지지 않는 것 같습니다. 그래도 이런 불안에 맞설 수 있는 것은 많은 친구가 있기 때문입니다. 좋은 사람들과 만났기에 현재의 내가 있다고 생각합니다.

　너무 불안해 작아지고 있던 내게 처음으로 손을 내밀어준 것이 치매인 가족 모임 미야기현 지부 사람들이었습니다. 당시 내게 치매는 여기저기 배회하고 아무것도 모르는 상태가 돼 갑자기 난동을 부리다 결국에는 몸져눕는 병으로밖에 여겨지지 않았습니다. 나 역시 병이 진행되면 그렇게 돼 가족이나 주위 사람에게 피해를 주게 된다, 그럴 바에는 차라리 죽어버리면 좋겠다고 생각했습니다.

　그러나 치매인 가족 모임을 알게 되면서 조금씩 불안을 해소할 수 있었습니다. 실은 모임에 가기 전에 치매 진단을 받으면 어떤 지원을 받을 수 있는지 구청에 방문했지만 이미 말했듯 40세 이하는 어떤 지원도 없다는 말을 창구에서 들었습니다. 장애인 수첩과 자립지원의료(심신장애를 제거·경감하기 위해 의료비 중 자기부담금의 일부를 국가가 부담하는 제도)라는 제도가 있었는데도 알려주지 않았습니다. 치매인 가족 모임에서 알려줘서 신청할 수 있음을 알았습니다.

　지금은 나뿐만 아니라 아내도 모르는 게 생기면 치매인 가족 모임에 상담합니다. 내 병에 관해 아이들에게 알려야만 할까 망설였을 때 아내가 상담한 곳도 이곳이었습니다. 그것만이 아닙니다. 다 같이 노래하는 즐거움을 알려준 것도, 미소를 가져다준 것도, 수많은 동료와 알게 된 것도 치매인 가족 모임을 통해서였습니다. 현재의 내가 있는 것도 그때 용기를 내어 이 모임에 참가한 덕분이라고 생각합니다.

완벽하지 않아서 완벽한 사람

그중에서도 치매인 가족 모임의 부대표인 와코 에이코 씨와 만난 것은 내게 큰 사건이었습니다. 앞서도 말했지만 와코 씨는 활동 지원자가 아닙니다. 내 파트너입니다. 활동 지원자와 치매인 사이는 도와주는 사람과 도움을 받는 사람이라는 일방적 관계인 측면이 있으나 평등합니다. 지금은 강연회 등 어딜 가도 와코 씨와 함께합니다.

와코 씨는 어머니 또래인데 살짝 덜렁거리는 성격이라 잘 잊어버립니다. 결코 '꼼꼼한 사람'은 아닙니다. 하지만 그 점이 좋습니다. 너무 꼼꼼하면 함께 행동할 때 편하지 않습니다. 그래서 강연회에서도 파트너는 꼼꼼하지 않은 사람이 좋다고 얘기합니다. 당사자와 파트너는 서로 신뢰 관계를 갖는 것이 가장 중요하지 성실한 게 필요한 건 아닙니다. 와코 씨는 디지털 기기 사용에서 실수할 때가 많은데 치매에 걸린 내게 "좀 알려줘"라고 자주 부탁합니다. 그 점이 바로 와코 씨를 최고의 파트너로 만들어줍니다.

치매 초기, 내 주위에 있는 사람들은 모두 간병인이거나 신세질 사람이라고 생각했는데 그 뒤 함께 밖으로 나가보니 그게 아니었습니다. 간병인이나 신세 지는 사람이 아니라 '파트너'에 가까웠습니다.

특히 치매인 가족 모임과 미야기의 치매를 함께 생각하는 모임 사람들처럼 같이 활동하는 사람은 간병인이라고 생각하지 않고 도움을 받으면서도 함께 행동하는 파트너라고 느끼고 있습니다.

할 수 없는 일은 도움을 받지만 할 수 있는 일은 같이한다는 사고방식을 가지면 모두 파트너가 됩니다. 이것은 치매인만이 아니라 의사, 간병인, 지역에서 지원 활동을 하는 사람들, 가족, 모든 사람이 해당합니다. 지역지원센터의 사람들도 파트너였다면 치매인 우리가 정말 뭘 필요로 하는지 생각할 수 있을 겁니다. 그러면 간병보험 얘기를 꺼내는 게 아니라 같이 지내는 방법을 생각하겠죠.

내 주위에 있는 사람이 모두 파트너라고 생각하게 됐기 때문에 변할 수 있었습니다. 도움을 받으면서도 그 사람을 위해 뭔가 할 수 없을까 항상 생각합니다. 그러자 이걸 할 수 없어서 도움을 받아도 편안해졌고 거꾸로 이게 가능하니까 같이하자고 말할 수 있게 되었습니다. 할 수 없는 일은 도움을 받고 할 수 있는 일은 같이하는 겁니다. 이것이 이상적인 파트너와의 관계라고 생각합니다.

언제나 함께 행동하는 와코 씨에게 도움을 받는 일이 많은 한편으로 나 역시 와코 씨를 돕기 때문입니다. 서로를 도우면서 즐겁게 활동하고 있다고 느끼고 있습니다. 와코 씨는 함께 행동하면 여러 가지를 배울 수 있다고 말합니다. 그런 말을 들으면 역시 기쁩니다. 이것은 대등한 입장이기 때문에 할 수 있는 말입니다. 대등한 입장이라면 활동 지원자가 아니라 파트너라고 부르는 게 합당하지 않을까요. 치매인과 함께 활동해주는 사람을 '버디'라고 부르는 경우도 있는데 나와 와코 씨는 이성이기 때문에 '버디'가 아니라 역시 파트너라는 단어가 더 와닿습니다.

다른 사람에게
용기를
주고 싶다

치매인 가족 모임에 몇 번쯤 가기 시작한 2013년 9월의 일입니다. 모임에 참가하는 가족이 도야마에서 치매인 교류 모임이 있으니까 같이 가자고 했습니다. 아직 모임 사람들과 많은 얘기를 나누지 않았는데도 제안해준 게 너무 기뻐 바로 "가겠다"라고 답했습니다.

이때는 아내에게 같이 가자고 하지 않고 혼자 가려고 생각했습니다. 아직 다른 치매인과 그다지 접촉하지 않은 아내를 데리고 가면 가슴 아파할까 봐 걱정했기 때문입니다. 다행히 와코 씨가 같이 가주기로 했습니다.

그리고 이때 내 인생을 바꾸었다고 해도 과언이 아닐 치매인과 만났습니다. 도야마에 가기 전날이었습니다. 치매인 가족 모임 자리에 히로시마에서 다케우치 유타카 씨가 찾아왔습니다.

치매여도 아주 건강하고 힘이 넘치며 배려도 많은 사람이었습니다. 그런 다케우치 씨를 보고 있자니 '정말 이 사람이 병이 있나?'라고 생각했는데 진단을 받은 당시에는 그도 괴로움에 한동안 집 안에만 틀어박혀 있었다는 말을 듣고 역시 그랬구나 하고 공감할 수 있었습니다.

다음 날, 저와 다케우치 씨, 와코 씨까지 포함해 다섯 명이 신칸센을 타고 도야마로 갔습니다. 그때의 나는 어둡고 낙담한 상태였는데 목적지에 도착할 때까지 네 시간 동안 다케우치 씨에게 여러모로 이야기를 듣고 싶은 생각에 차 안에서 계속 질문했습니다.

다케우치 씨는 "집 안에 틀어박혀 있었는데 친구 덕분에 이렇게 긍정적인 사람이 됐어요"라고 말했습니다. 집에서 나갈 수가 없어서 밤에 편의점에 가거나 산책하는 정도가 다였다는데 그랬던 사람이 이렇게 건강하게 행동하고 있었습니다. 그 사실을 알았을 때는 충격적이고 너무 부러워 '나는 지금 뭘 하고 있지?'라는 생각이 들었습니다.

다케우치 씨는 지금도 혼자 전국을 돌아다닌다고 합니다. 다양한 곳에 가서 다양한 사람을 만난다고 합니다. 그런 다케우치 씨와 만나 그가 사람들을 다정하게 대하는 모습을 보거나 얘기를 듣는 사이에 나도 다케우치 씨처럼 씩씩해져 치매에 걸린 다른 사람에게 용기를 주는 사람이 되고 싶다고 생각한 것이 그 뒤로 내가 걷는 길을 결정했습니다. 다만 그 시점에서는 여전히 어

그래도 웃으면서 살아갑니다

떻게 해야 좋을지 모르는 상태였습니다.

도야마의 교류 모임에서는 병이 진행된 사람도 있었지만 모두 건강했습니다. 진단을 받은 지 10년 이상이 지난 사람도 있었습니다. 치매여도 급속도로 병이 진행되는 게 아니다, 몇 년이 지나도 그다지 변하지 않는 사람도 있다는 것을 알고 용기를 얻었습니다.

도야마에서 모두와 지내보고 안 사실은 치매인끼리 서로 돕고 있다는 것과 간병인과 치매인이 도우며 아주 밝게 행동하고 있다는 겁니다. 이 사람들처럼 되고 싶다는 생각이 강해졌습니다. 처음으로 용기를 내어 치매인 가족 모임에 갔을 때부터 시작해 다케우치 씨와 만나고 다양한 사람과 잘 만난 덕분에 현재의 내가 있다고 생각합니다.

그때 도야마의 치매인 가족 모임 부대표가 내게 지역 강연회에서 10분의 시간을 줄 테니까 자기 생각을 말해보라고 했습니다. 승낙은 했으나 원고도 없어 어떻게 할까 고민하다가 마음을 단단히 먹고 진단을 받은 뒤 불안한 시간을 보냈을 때 치매인 가족 모임을 만났던 일을 떠올리면서 이야기했습니다. 이야기하는 동안 치매인 가족 모임과 만나 기뻤던 일이 속속 떠올라 눈물이 났습니다.

사람들 앞에서 얘기한 덕분에 내 마음이 정리됐던 것 같습니다. 도야마에서 돌아오는 길, 신칸센이 혼잡했기 때문에 와코 씨와 떨어져 혼자 앉아 그런 생각을 하며 이 마음을 잊지 않도록 노트에 적어두기로 했습니다.

이 여행으로 와코 씨와의 거리가 훌쩍 줄어들었습니다. 내가 와코 씨와 여행을 갔던 것과 같은 경험이 다른 이들에게도 생긴 다면 틀림없이 치매인들의 행동 범위가 넓어질 겁니다.

다음 해인 2014년 5월에도 도야마의 당사자 교류 모임에 참가했습니다. 이때는 아내도 함께 갔습니다. 마지막 날, 정신을 차리니 아내의 모습이 보이지 않았습니다. 어떻게 된 일인지 궁금해 찾았는데 몸이 안 좋았는지 자고 있었습니다. 돌아오는 길에 물어보니 처음으로 병세가 진행된 사람과 오랫동안 함께 있었던 탓에 여러모로 충격이 컸던 것 같습니다. 그동안 치매인과 접할 기회가 적어서 그렇잖아도 걱정했는데, 예상이 적중하자 더더욱 미안했습니다. 하지만 아내는 내게 많은 것을 깨닫고 마음이 단단해졌다며 괜찮다고 말해주었습니다. 결과적으로 아내에게도 좋은 경험이 된 것입니다.

도움을 받는 만큼 나눈다

여행을 다녀온 뒤 나도 같은 치매인을 돕고 싶어졌습니다. 내가 할 수 있는 일이 뭘까 하고 생각했을 때 우선 치매인을 웃으며 대하는 것이었습니다. 동료와 같이 행동함으로써 그 시간을 즐기는 겁니다. 그 마음은 지금도 변함없습니다.

내가 모든 치매인을 도울 수는 없지만 작은 일이라면 할 수 있습니다. 예를 들면 치매인 가족 모임에서 온천여행을 갔을 때 치매인 남편을 목욕탕에 데려갈 사람이 없어서 못 가겠다는 부부가 상당히 있었습니다. 치매인 가족 모임에서 도와주는 사람은 모두 여자였기 때문입니다. 그 말을 듣고 "제가 할게요"라고 손을 들었더니 부부 세 쌍이 참여했습니다. 아직은 나도 할 수 있는 일이 많습니다. 물론 내 옷을 어디에 뒀는지 몰라 도움을 받기도 했지만…….

얼마 뒤 인터넷을 봤더니 치매임을 숨기지 않고 목소리를 내는 사람들이 있다는 사실을 알게 되었습니다. 나도 그들처럼 한 걸음을 같이 내디뎌야겠다고 생각했을 때 처음으로 강연 의뢰가 왔던 겁니다. 장소는 미야기현이었습니다. 아마도 현 담당 공무원의 의뢰였던 것으로 기억합니다. 무슨 말을 할까 고민하다 노트에 적어둔 도야마에서의 경험을 떠올리고 그것을 바탕으로 자신의 마음을 더해 원고를 완성했습니다.

필사적으로 원고를 읽었는데 처음이라 너무 긴장해 목소리가 떨렸습니다. 그보다 그날은 아내도 와서 아내 앞에서 처음으로 자신의 심정을 얘기했던 터라 그게 더 긴장됐던 것 같습니다. 강연이란 전문가의 일인데 이렇게 형편없이 말해도 괜찮은 걸까, 모두 어떻게 생각하며 들을까 고민만 했습니다. 그렇지만 일단 끝나니까 좀 더 이야기를 듣고 싶다, 자기들에게 와서 이야기를 해주지 않겠느냐는 말을 들었습니다. 하지만 어찌 된 일인지 몰라 당황만 했을 뿐 제대로 답하지도 못했습니다.

몇 번인가 강연하게 되면서 사람들이 내게 전문가 같은 강연을 원하는 게 아니다, 치매인 나의 있는 그대로의 목소리를 듣고 싶어한다는 걸 느꼈습니다. 그러자 틀려도 괜찮다는 생각이 들어 편안하게 강연할 수 있게 되었습니다. 생각을 바꾸고 긴장이 줄어들자 강연해도 생각보다 그리 피곤하지 않았습니다. 증상이 진행되면 진행된 만큼 있는 그대로의 자신을 말하면 되니까요.

강연을 통해 전국의 치매인과 활동 지원자로 활동하는 사람들

그래도 웃으면서 살아갑니다

을 만났습니다. 그리고 지금은 내가 다케우치 씨에게 힘을 얻었듯 내 힘을 주거나 거꾸로 힘을 얻고 있습니다.

그 무렵부터 치매 강연이 있으면 적극적으로 참여했습니다. 들어봤자 금방 잊을 테지만 그래도 정보를 얻고 싶어 찾아다녔습니다. 하지만 유감스럽게도 어느 강연이나 간병 방법이나 치매 예방이 중심이었고 치매인을 위한 내용은 없었습니다. 당연히 치매인이 직접 올 거라고는 생각하지 않기 때문입니다. 내가 병에 걸린 사람이고 앞으로도 진행될지 모르는데 간병 방법 같은 것을 들어서 어쩔 작정인가. 내가 아니라 오히려 아내에게 강연 듣기를 권해야만 하는 게 아닐까 생각하며 들었던 기억이 납니다.

다만 좋았던 점은 이야기를 직접 들으면서 병이 진행됐을 때의 공포나 불안이 조금씩 줄어들었다는 겁니다. 정확한 지식을 얻으면 괜한 불안을 제거할 수 있습니다.

생각을 바꿔준 사람들

센다이 아오야마카이 의료복지재단 대표인 야마사키 히데키 선생님을 빼고 현재의 나를 말할 수 없습니다.

야마사키 선생님에 관해서는 치매인 가족 모임에서 모두가 하는 얘기를 듣고 정말 멋진 사람이라고 생각했습니다. 처음 만난 것은 한 강연에서 치매인 가족 모임의 와코 씨가 소개를 해줬기 때문입니다. 하지만 당시는 그리 대화를 나누지 못했고 잘 웃지도 않아서 정말 모두가 말하는 선생님일까 하는 의문을 품었습니다.

어느 날, 야마사키 선생님이 내게 당시 미야기의 치매를 함께 생각하는 모임에서 강연하지 않겠느냐고 의뢰했습니다. 그토록 멋진 선생님의 의뢰를 거절할 수 없어서 바로 승낙했습니다. 강연은 2014년 6월 7일, 교토의 모리 도시오 선생님 다음 차례에 내가 할 거라는 말을 듣고 두 분을 인터넷으로 조사했더니 치매에 박학한 분이라는 것을 알고 만나기를 손꼽아 기다렸습니다.

강연에는 아내와 둘이 갔습니다. 모리 선생님의 이야기는 아주 이해하기 쉬웠고 교토에서 정말 다양한 대책이 이루어지고 있다는 사실을 알게 되었습니다. 그중에서도 '인생의 재구축'이라는 말을 들었을 때 내게 적용해 생각해봤습니다.

지금까지 계속 영업 일을 해왔고 인생의 보람으로 여겨왔는데 치매 때문에 좋아하는 일을 하지 못하게 돼 분했습니다. 강연을 들으니 앞으로 분한 감정을 안고 살기보다는 치매와 함께 인생을 다시 시작해야 한다고 생각했습니다. 그렇기 때문에라도 치매에 관해 좀 더 공부해야 했습니다. 이전에 아내가 크리스틴 브라이든의 『나는 누가 되어가고 있지?』라는 책을 빌려와 읽었을 때는 '우와! 자기 일을 책으로 쓰는 사람도 있구나!'라고만 생각했는데 나중에 다시 도서관에서 빌려와 읽었더니 크리스틴에게 공감하는 부분이 너무 많아 놀랐습니다. 다만 기독교 전통을 토대로 하는 부분이 상당해서 역시 나와 다른 나라 사람이라는 인

그래도 웃으면서 살아갑니다

상이 강했습니다.

두 달 뒤인 8월에 야마사키 선생님이 교토의 모리 선생님을 찾아뵙자는 제안을 했습니다. 나와 아내, 야마사키 선생님과 직원 분만 가는 줄 알았는데 막상 당일, 센다이역에 가보니 많은 사람이 있었고 다 같이 간다는 걸 알고 놀랐습니다. 처음 만나는 사람들뿐이라 괜찮을까 불안했는데 결과적으로 이때 교토에 함께 갔던 사람들이 그 뒤 내 인생을 크게 바꿔놓았습니다.

교토에서는 야마사키 선생님 주관으로 맛있는 음식을 먹는 투어 등 처음 하는 경험들뿐이었지만 아주 즐겁게 지냈습니다. 강가에서 식사할 때는 유카타를 입고 갔는데 야마사키 선생님이 내일 강연에도 유카타를 입고 오라고 하셔서 재미있을 것 같아 그대로 갔습니다. 그런데 강연회장에 도착해보니 유카타를 입은 사람은 나 혼자였습니다. 야마사키 선생님도 "어? 진짜 입고 왔어?" 하며 놀라셨습니다. 하지만 애써 입고 왔으니까 유카타 차림으로 강연하기로 했습니다. 처음 지역의 경계를 넘은 강연에다 유카타 차림으로 했던 것이 배짱을 늘렸던 것 같습니다.

이때 처음으로 다른 치매인의 강연을 들었습니다. 이 강연을 듣고 진단 직후의 불안 같은 것은 연령대가 달라도 같다는 걸 느꼈습니다. 바로 그 점이 내가 내 경험을 얘기하도록 힘을 줬습니다. 그때까지 나처럼 젊어서 진단을 받은 경우는 매우 드물어서 내 이야기를 들어도 도움이 되지 않으리라 생각했던 겁니다.

돌아오는 신칸센에서 야마사키 선생님 일행이 나를 중심으로 뭔가 하자는 이야기를 했습니다. 이것이 다음 장에서 얘기하는 오렌지도어로 이어집니다. 참고로 지금은 어떤 일에든 도전하는 와코 씨가 당시에는 아주 신중한 태도로 "단노 씨에게 그렇게 많은 일을 시키다니!" 하며 반대했던 게 기억납니다.

그래도 웃으면서 살아갑니다

집 안에만
틀어박혀
있지 않도록

치매 진단 뒤에도 역시 몸을 움직이는 편이 정신적으로나 육체적으로나 혹은 인간관계를 구축하는 데도 좋습니다.

나는 치매라는 진단을 받기 전에는 골프나 마라톤, 보디보드 등 다양한 스포츠를 해왔습니다. 노는 것을 좋아해 지금도 누가 가자면 골프를 치러갑니다. 하지만 코스를 기억하지 못하기 때문에 같은 코스를 도는데도 내게는 늘 처음 코스를 도는 감각입니다. 게다가 몇 번이나 쳤는지도 잊기 때문에 계수기로 숫자를 세면서 치고 있습니다. 어떤 클럽을 쳐야 좋을지도 모르기 때문에 실수하지 않도록 짧은 클럽으로 칩니다. 점수는 신경 쓰지 않습니다. 점수를 신경 쓰면 아무래도 초조해지고 불안해지기 때문입니다. 지금의 나는 순수하게 몸을 움직여 골프를 즐기는 일에만 몰두하고 있습니다.

마라톤도 취미였는데 영업을 하는 관계로 대회에는 나가지 못했습니다. 딱 한 번, 골든위크 때 야마가타의 지역 마라톤대회에 나갔는데 우연히 그 대회에서 입상해 트로피를 받은 적이 있습니다.

도쿄에 '가사이임해공원나이트마라톤대회'라는 게 있습니다. 야간 버스를 타고 가서 야경을 보면서 달리고 다시 야간 버스를 타고 다음 날 회사에 간 적도 있었습니다. 매일 아침, 집 주변을 6~7킬로미터씩 달렸습니다. 많을 때는 10킬로미터쯤 달렸습니다. 하지만 지금은 달리지 않습니다.

전에는 영업 일을 했기 때문에 피곤하면 차 안에서 자면 되는데 지금은 내근이라 피곤해 일에 지장이 생기는 일이 있으면 곤란합니다. 전에는 숙취가 남아 있어도 아무렇지 않게 일할 수 있었지만 지금은 아무래도 빨리 지치기 때문이지요.

일을 끝내고 돌아온 뒤에도 몸은 움직이는데 머리가 무거워 움직일 수 있는 기력이 생기지 않습니다. 게다가 혹시 달리다가 '길을 헤매면 어떻게 하지?'라는 생각이 들어 역시 망설이게 됩니다.

다만 올해도 치매인과 가족, 활동 지원자들이 서로 끈을 묶고 전국을 릴레이 경주하는 이벤트인 '함께 달리는 친구'에 참가해 11킬로미터 정도 달렸는데 아무렇지도 않았기 때문에 아직 체력은 충분하다는 생각이 들었습니다. 후쿠오카현의 오무타시에서는 치매인과 그 가족이 해발 388미터인 미이케산에 오르는 이벤트가 있습니다. 거기에도 참가했는데 아주 쉽게 올랐습니다. 그래서 몸을 움직이는 이벤트가 있으면 앞으로도 조금씩 참가할 생각입니다.

교토에서는 치매인이 한 달에 몇 번씩 테니스를 치는 행사가 있습니다. 히로시마에서는 비닐로 만들어진 거대한 애드벌룬을 몸에 달고 축구를 하는 버블 축구를 합니다. 애드벌룬을 달면 다치지 않는다는데 축구를 한 다음 날은 "근육통 때문에 일어서질 못했다"라고 들었습니다.

스포츠는 당사자와 가족의 정을 끈끈하게 하는 계기를 만들어줍니다. 예를 들어 소프트볼 대회에 나가게 되면 가끔 부부가 같이 배팅센터라도 갈까 하는 얘기가 나옵니다. 그런 것들이 매우 중요하지 않을까요.

치매인 가족 모임에 오는 이들 중에는 치매 진단을 받고 퇴직한 사람이 적지 않습니다. 그런 분은 지원등급 1이라면 데이 서비스도 간병보험으로 주 1회밖에 갈 수 없어서 나머지 엿새는 배우자와 둘이 지내야 합니다. 그런 상황을 힘들어하는 부인도 있습니다. 하지만 스포츠라면 배우자와 둘이 해도 되고 당사자 혼자 하면 그동안은 배우자와 한숨 돌릴 수 있어서 좋아할 겁니다.

매년 3월이 되면 시즈오카현의 후지노미야시에서 '전일본치매소프트볼대회'가 열립니다. 나 역시 초대받았지만 구기 종목을 잘하지 못해서 참석하진 않았습니다. 게다가 모두 잘한다고 들었는데 나만 나이도 젊은 주제에 삼진이나 당하면 꼴불견일 것 같아 거절했습니다. 하지만 뉴스를 보니 모두 그렇게 잘하지 않더군요. 거기에 용기를 얻어 2016년 대회에 처음으로 출전했습니다.

치매인이 소프트볼 대회에서 최우수상을 받아 주위 사람과 같이 기뻐하며 얼싸안고 눈물을 흘리는 장면을 봤을 때 이것이 내가 원하는 활동 지원자, 파트너의 모습이라고 느꼈습니다. 그런 공간을 다 같이 공유함으로써 병이 있든 없든 함께 즐기는 동료가 되는 게 아주 좋습니다. 혹시 가능하다면 치매 이외의 병을 지닌 사람들도 참가해 뒤섞이는 공간, 안식처가 있어도 재미있을 것 같습니다.

치매 카페나 쉼터에서 치매인을 아무것도 못하는 환자로 취급하는 경우가 적지 않습니다. 솔직히 그것은 치매인에게 편한 상황이 아닙니다. 스스로 할 수 있는 일은 구태여 도와주지 않아도 괜찮습니다. 스스로 할 수 있는 일은 자신이 하고, 함께 즐길 수 있는 동료와 즐거운 이벤트가 있으면 다음에도 참가하고 싶은 생각이 들 겁니다. 그것이 일생생활을 유지하는 큰 버팀목이 되고 결과적으로 치매인을 집 안에 틀어박히지 않도록 합니다.

그래도 웃으면서 살아갑니다

혼자가
아니라서
가능한 일

✿

이제까지 편견에 가득 찬 말을 들은 적이 없으니 나는 정말 복을 받았다고 생각합니다. 내 주위에는 멋진 동료들이 있습니다. 모두 저를 도와줍니다. 정말 고맙게 생각합니다.

편견이란 주위 사람이 말하거나 행동으로 드러내는 경우가 있겠으나 그뿐만 아니라 자신 안에도 있다고 생각합니다. 자기 안에 치매에 관한 편견이 있기에 주위에서 무슨 말을 할까 두려워 집 안에 틀어박혀 아무것도 하지 않는 겁니다.

예를 들어 내가 "장년층 치매에 걸렸습니다"라고 적힌 카드를 만들었을 때 처음에는 그것을 남에게 보여주는 데 심리적 저항이 있었습니다. 왜일까요. 그것은 내 안에 치매에 관한 편견이 있었기 때문입니다.

치매가 되면 아무것도 모르는 상태가 된다, 치매가 되면 몸져눕는다, 치매가 되면 인격이 변한다……. 세상에는 그런 편견이 넘쳐나고 있습니다. 나도 마찬가지였습니다. 자신이 치매에 걸려, 치매를 공부하면서 사고방식이 바뀌었습니다.

내 안에 편견이 있으면 주위 사람은 어떻게 생각할까, 무슨 이상한 말을 듣게 되지 않을까 멋대로 상상하면서 편견을 부채질합니다. 잠깐만 실수해도 주위 시선을 신경 씁니다. 실수하면 "신경 쓰지 말아요. 자주 있는 일이니까"라고 주위에서 말해주지만 '아니, 그렇지 않아. 나는 병 때문에 실수한 거야'라고 생각하기 때문에 역시 기분이 나빠집니다. 애써 위로해도 '나는 다른 사람과 달라'라고 생각해버리기 때문에 실의에 빠집니다.

주위 사람들 모두 나를 지지하고 평범하게 대합니다. 덕분에 치매여도 달라질 게 없다고 생각하고 평범하게 활동할 수 있습니다. 지금은 실수해도 웃긴 일화로 말할 수 있습니다. 그런 동료와 만날 수 있던 것을 행운이라고 생각합니다. 현재 의술로는 치매를 고칠 수 없습니다. 하지만 마음가짐에 따라 병이 그다지 진행되지 않을 수도 있는 것 같습니다.

오렌지도어에 왔다가 치매인 가족 모임으로 인연이 이어진 사람이 있는데 지금은 처음과는 완전히 다른 사람이 되었습니다.

"저, 말하지 못해요."

그분이 처음 한 말이었습니다. 같이 온 가족도 이 사람은 말을 하지 못한다고 했습니다. 그런데 지금은 마이크를 넘기면 놓지 않고 계속 말합니다. 전직 교사였으니까 말하는 데는 익숙하겠죠. 그것을 보고 처음 만났을 때 했던 "말하지 못해요"라는 말은 도대체 무슨 뜻이었을까 생각한답니다.

치매라는 말에 현혹돼 모두 자신감을 잃었던 겁니다. 본래의 자신을 되찾는 데는 사람과 사람이 교류하며 서로 지지하는 관계를 맺는 것이 아주 중요합니다.

어디를 가든 사람들이 말을 걸어주고, 만나는 사람은 다 좋습니다. 세상에는 이렇게 좋은 사람이 잔뜩 있다는 것을 알면 치매가 진행돼도 이런 사람들이 나를 도와줄 테니까 괜찮을 거라는 생각이 듭니다. 그것이 불안을 없애 안심하게 됩니다.

치매에
걸린
덕분에

🌸

치매에 걸리길 잘했다고 생각할 때가 있습니다. 이런 말을 하면 대부분은 무슨 소리냐고 의아해할지 모릅니다. 물론 진단 직후에는 치매는 끝났다고 생각해 밤만 되면 울었습니다. 그러다 조금씩이지만 불안이 해소됐습니다. 그렇게 느낀 것은 진단을 받은 뒤 2년쯤 지나서였습니다.

그동안 치매인 가족 모임, 미야기의 치매를 함께 생각하는 모임을 통해 수많은 사람들과 만났기 때문입니다. 많은 사람의 도움 덕분에 지금의 내가 있습니다. 만약 치매가 아니었다면 이들과 만나지 못했을 겁니다.

또 치매 덕분에 가족과 지내는 시간이 늘었습니다. 가족의 다정함을 느낄 수도 있었고 부모님과 느긋하게 대화할 시간도 많아졌습니다. 전에는 본가에 갈 일이 있어도 밤늦게 갔다가 아침

일찍 나왔기 때문에 늘 허둥지둥, 천천히 얘기할 기회도 없었습니다. 현재는 걱정을 끼치고 싶지 않아 부모님께 자주 전화를 합니다. 최근에는 어머니가 태블릿을 사서 내 정보를 보신다고 합니다. 그런 말을 들으면 역시 기쁩니다.

치매 진단 이후 강연하게 되면서 전국의 사람들과 알게 됐습니다. 치매는 결코 좋은 일이 아니지만 과감하게 한 걸음 내딛은 덕분에 인생이 바뀌었고 많은 사람과 만날 수 있었습니다. 만남은 또 다른 사람과 이어지면서 늘어났습니다. 이야말로 치매 덕분에 얻은 재산이라고 생각합니다. 많은 사람과 만나 마음이 크게 변한 데 나 자신이 더 놀랍니다.

여러 사람에게 많이 배워 지식이 늘면서 불안도 줄었습니다. 그리고 진짜 미소가 늘었습니다. 영업 일을 했을 때도 물론 웃었으나 그것은 일을 위한 미소였다고 생각합니다. 하지만 지금은 마음 깊은 곳에서 우러나와 웃습니다.

사람의 다정함도 느끼게 됐습니다. 가족, 형제, 회사, 주위 사람들로부터 지금까지는 느끼지 못했던 다정함을 느낄 수 있었고 나도 사람들에게 다정해지려고 합니다. 치매여도 주위 환경만 좋으면 웃으며 즐겁게 지낼 수 있다는 것을 알았습니다. 약도 필요하지만 무엇보다 환경이 더 중요합니다. 이는 젊은이도 노인도 마찬가지입니다.

그럼 좋은 환경이란 어떤 것일까요. 사람과 사람이 교류하는 환경이야말로 중요하고 그 연대가 우리를 미소 짓게 합니다. 이 사실을 많은 사람이 알았으면 좋겠습니다. 치매 진단을 받았다고 주위와의 교류를 차단할 게 아니라 많은 사람과 만나면 인생이 바뀐다는 것을 알려주고 싶습니다. 변하면 미래도 열립니다.

치매인은 특별한 사람이 아닙니다. 나는 치매에 걸렸어도 단노 도모후미라는 한 사람이고 '치매와 함께 살아가는 사람'으로 생각되길 바랍니다. 치매와 함께 살아가는 사람은 치매에 걸린 것을 후회하는 게 아니라 치매라는 병을 받아들이고 긍정적으로 살고자 합니다. 많은 사람의 도움을 받아 앞으로의 일은 생각하지 않고 하루하루를 웃으며 즐겁게 생활하려 합니다.

과거처럼 생활할 수 없다는 사실을 받아들이는 용기도 필요합니다. 받아들인다고 인생이 끝나는 것은 아닙니다. 전처럼 될 수 없는 것을 받아들이고 인생을 재구축하면서 생활을 즐기는 사람은 눈부실 정도로 빛납니다.

지금까지 수많은 동료에게 많은 것들을 배웠습니다. 그것을 가르쳐주는 동료들에게 감사하고 싶습니다.

6장

대신 말해주지
않아도 괜찮아

편견은
내 안에도
있다

2014년에 설립된 '일본치매워킹그룹'의 일원이자, 2015년에 센다이에서 치매인의 고민 상담에 응하는 창구 오렌지도어를 세워 실행위원회 대표를 맡고 있습니다. 최근에는 지역에 밀착한 '치매워킹그룹 미야기'를 세우고 서로의 손을 잡고 치매인 하나하나의 목소리를 전하고 싶어 활동하고 있습니다.

내가 이런 활동을 시작한 가장 큰 이유는 치매에 관한 세상의 편견과 오해입니다. 많은 사람이 치매 진단을 받은 뒤 차라리 죽는 게 낫다고 극단적으로 생각하는 것은 부정적인 이미지 때문입니다. 나도 진단을 받기 전까지 그렇게 생각했는데 현실은 그렇지 않습니다. 그것은 상당히 진행된 사람의 특수한 경우이지 실제로는 진행이 매우 느려 현상을 유지한 채 여러 해를 지내는 분도 많습니다.

하지만 미디어가 일반적으로 다루는 치매는 '예방책'이 중심이고 잘못된 정보를 전해주는 영상도 정말 많습니다. 이를테면 이런 치매인이 있었습니다. 전날 있었던 일을 오전 내내 일기에 적는다고 합니다. 가족이 진행을 늦추기 위해 시키는 겁니다. 나는 그분에게 이렇게 말했습니다.

"그런 힘든 일은 그만하시죠. 어제 무엇을 먹었는지, 그게 왜 중요한가요? 그보다 앞으로 어떤 즐거운 일이 있을지를 생각하는 편이 훨씬 좋아요."

그러자 그분은 "마음이 편해졌다"라고 말했습니다.

치매인의 병상이 진행되지 않도록 그런 예방책을 강요하는 가족이 상당히 많습니다. 정말 그런 일로 진행이 늦춰지리라 생각하세요? 그런 괜한 짓을 하는 대신 매일 웃으며 밝게 살아가는 게 훨씬 좋다고 생각합니다. 실제로 주위에 있는 진행이 느린 사람은 하루하루를 즐겁게 살고 있습니다. 웃으며 밝게 살면 돌보는 가족도 분명히 더 편할 겁니다.

예방에 관해서만 잔뜩 얘기하기 때문에 치매에 걸리면 바로 중증이 되고 그렇게 지독한 상태가 되니까 어떻게든 해야 한다는 생각부터 하는 것이 아닐까요?

날 보고 "치매 같지 않다"라고 말하는 사람이 많습니다. 치매 같지 않다는 말은 무슨 뜻일까요? 그것은 '치매는 심각하고 우울한 병'으로 착각하고 있기 때문입니다. 그래서 병에 대해 웃으며 얘기하는 나 같은 사람은 '치매 환자'가 아닌 것이 됩니다.

그래도 웃으면서 살아갑니다

또 하나는 내 안에도 있었던 편견입니다. 나는 전국적으로 강연하거나 텔레비전에도 나오는데 실은 내가 사는 지역에서는 볼 수 없는 방송과 미디어에만 나왔습니다. 예를 들면 이곳 센다이에서 유명한 신문이나 텔레비전 프로그램에는 나온 적이 없습니다. 강연 외에는 현지에서는 아무것도 하지 않는 상황입니다.

NHK도 '종합'이 아니라 'ETV'처럼 흥미가 있는 사람만 보는 경향이 있는 곳에만 나갔습니다. 실제로 뉴스 프로그램을 포함해 다양한 프로그램에서 의뢰가 오긴 하는데 와코 씨를 통해 3분의 2 이상은 거절하고 있습니다. 거절하는 이유는 사춘기 아이들이 아버지가 치매라는 것이 알려지면 괴롭힘을 당하지 않을까, 편견 섞인 말을 듣진 않을까 걱정했기 때문입니다.

그런데 어느 날, 맏딸의 친구들이 다니는 고등학교에서 강연 의뢰가 왔습니다. 아빠가 걸린 병이 알려지면 딸이 싫어할 것 같아 아이와 이야기했습니다.

"아빠가 네 친구들이 있는 고등학교에서 강연해볼 생각인데."

"괜찮을 것 같은데."

너무 아무렇지 않게 말했습니다. 딸은 내 병이 알려지는 것을 전혀 신경 쓰지 않았습니다. 그때 사실은 딸 걱정보다 내 안에 병에 관한 편견이 있었다는 걸 실감했습니다. 자기 안에 편견이 있으니까 밖에 나가면 무슨 말을 들을까 겁을 먹어 치매인 것을 감추고 집에 숨는 거라고. 하지만 지난 몇 년 동안 치매라는 병을 공개하고 깨달은 사실은 편견의 말을 들을 때보다 정말 많은 사람이 도움을 준다는 겁니다.

그래도 여전히 내 안에 편견이 남아 있겠죠. 누군가가 "그애 아버지가 치매야"라는 말을 들으면 기어이 우리 아이를 떠올리며 딸이 상처받지 않을까 걱정돼 지금도 지역 미디어에 나가는 게 불안합니다.

치매인과 가족이 더 잘 살기 위해서는 이 편견을 없애야만 합니다. 그러기 위해서는 치매인이 병을 공개하고 치매는 창피한 게 아니다, 머리가 좋아질 때도 있다고 계속 말할 필요가 있습니다.

그래도 웃으면서 살아갑니다

물어보지
않으면
알려주지
않는다?

❊

젊은 나이에 치매 진단을 받고 일을 그만두게 되면 아이들을 어떻게 키울지 막막한 것이 당연합니다. 부모라면 누구나 아이에게는 부족함이 없는 생활을 주고 싶습니다. 나 역시 그래서 어떤 지원이 있을까 궁금해서 구청에 상담하러 갔던 것입니다. 하지만 40세 이하는 해당 사항이 없다는 말만 들었습니다. 그런데 이후에 장애인 수첩과 자립지원의료 제도가 있다는 걸 알았습니다.

다시 구청에 찾아가서 장애인 수첩을 신청했습니다. 하지만 그때 '뭔가 잊었다'라는 것을 깨달았습니다. 그래서 노트를 보고 자립지원의료에 관해 물어보려 했다는 걸 확인했습니다. 다시 창구로 돌아가 담당자에게 "자립지원의료도 여기서 할 수 있나요?"라고 물었더니 "그렇다"라고 대답했습니다.

그럼 왜 장애인 수첩을 신청할 때 알려주지 않았을까요? 치매라 까먹는 경우가 종종 있습니다. 담당 직원이 먼저 "이런 지원도 있는데 신청하시겠습니까?"라고 물어봤으면 좋았을 텐데요. 일은 계속할 수 있다고 해도 영업에서 내근으로 이동했기 때문에 급여도 전과 같지 않습니다. 달마다 약값도 내야 해서 내게 무척 필요한 제도입니다.

잠시 있다가 장애연금도 물어봐야겠다는 생각이 들어 창구 직원에게 "저는 장년층 치매인데 장애연금에 대해 알려주세요"라고 말하자 "잠깐 기다리세요"라고 답하고는 안쪽으로 들어가 나이 든 남성과 같이 돌아왔습니다. 그러자 그 남성이 이렇게 묻는 겁니다.

"정말 병인가요? 병원에 갔었나요?"

혹시 내 나이가 젊어 병이라는 걸 믿지 못하나 싶어 장애인 수첩을 보여주고 대학병원에 입원해 진단을 받았다고 말했습니다. 그러자 "장애연금은 1년 6개월 뒤에야 신청할 수 있습니다"라고 대답했는데 그 사실은 오기 전부터 알고 있었습니다. 그런데 뜬금없이 이런 말까지 들었습니다.

"그동안에 나을지도 모르잖아요."

신청할 수 없는 것은 법률상의 규정이니까 어쩔 수 없다 해도 현재 치매는 완치될 수 없다고 알려져 있는데 내 앞에서 무슨 말을 하는 건가 의아했습니다. 그런데 이번에는 또 이렇게 말했습니다.

"왜 치매가 됐어요?"

"그건 내가 더 알고 싶다고요!"라고 말하고 싶은 것을 꾹 참았습니다. 내 발로 왜 이런 데를 찾아왔단 말인가, 정말 불쾌했습니다.

장애연금을 설명하는 사람은 장애인을 어떻게 대해야 하는지 정도는 공부할 줄 알았는데 이때 경험으로 아무것도 모른다는 사실을 깨달았습니다. 이것도 치매에 관한 오해와 편견이 그렇게 만들었겠죠. 앞으로 '구청에는 결코 혼자 오지 않겠다'라고 결심했습니다.

또 간병보험에 관해서는 어느 정도 치매인 가족 모임에서 들었기 때문에 조금 더 자세한 내용을 듣고 싶어서 예약도 하지 않고 근처 지역지원센터에 찾아가봤습니다. 담당 지역은 달라도 그곳에서 조금 이야기를 들어보려고 상담했습니다. 담당자가 "누구 상담인가요?"라고 물었기 때문에 내 얘기라고 했는데 아무리 설명해도 내가 치매라는 사실을 반신반의하는 태도였습니다.

설명해준 내용은 중증이 된 사람에 관한 것뿐이었습니다. '치매인 중증 사람을 간병'이라는 이미지가 만들어져 있기 때문이겠죠. 받은 자료도 몸져누웠을 때의 침대와 간병기구 등을 소개하는 것뿐이었습니다. 내게는 필요 없었는데 아흔두 살인 할머니는 필요하겠다고 생각하며 돌아왔습니다.

이때 생각했습니다. 내가 여기에 온 것은 정말로 간병보험에 관해 알고 싶어서가 아니라 앞으로의 불안을 해소할 수 있는 무언가를 알고 싶었다는 사실을. 하지만 유감스럽게도 여기서는 간병 얘기만 나왔을 뿐, 불안이 줄기는커녕 늘기만 했습니다.

그래도 웃으면서 살아갑니다

시장님에게 보내는 편지

이 무렵 치매인 가족 모임에서도 행정 창구의 대응 방식에 대한 불만이 컸습니다. 먼저 물어보지 않으면 가르쳐주지 않고 이리저리 사람을 돌려 시간을 낭비하게 하는 게 가장 큰 문제로 꼽혔습니다. 나 역시 구청의 대응에 편견을 느꼈던 때였습니다. 어떻게 대응할지 고민하던 차에 시장에게 직접 편지가 전달되고 답장도 받을 수 있다는 시장 전용 편지지를 찾았습니다. 그래서 조금 전에 말했던 구청에서의 경험과 그때까지 느낀 점 등을 적은 뒤 '관계자들이 조금 더 병을 공부하면 좋을 것 같다'라는 민원을 쓴 뒤 이렇게 덧붙였습니다.

"앞으로 치매인이 전국적으로 늘어날 겁니다. 또 최근에는 미디어에서도 많이 다뤄지고 있습니다. 센다이시가 치매여도 안심

215

하고 살 수 있는 도시가 되길 바랍니다. 스스로 이상하다는 생각이 들어도 어느 병원 어느 과에 가야 할지 모릅니다. 시립병원에서 건망증 외래가 없어졌다고 들었습니다. 새로 문을 여는 시립병원에는 반드시 치매 진단을 받으면 거기 가면 된다고 누구나 알 수 있는 장소를 만들었으면 좋겠습니다.

또 병원 진단 뒤 구청에서 이런 절차를 밟을 수 있으니까 안심하세요, 간병 지원은 여기에 상담하면 좋아요, 치매인 가족 모임에 가보면 좋겠다는 등 진단을 받고 불안한 사람이 안심할 수 있도록 누구든 알려주면 좋고 그 같은 체계를 만들어주면 좋겠습니다. 병에 걸린 사람만이 아는 불안이 많습니다. 부디 편견이 없는 많은 사람이 서로 보듬어줄 수 있는 사회를 만들어주세요. 시장님도 언제 치매인이 될지 모르니까요.

이것은 불평이 아닙니다. 시장님이 이해하고 병이 있는 사람이나 고령자가 안심하고 살 수 있도록 도와주시길 바라기 때문입니다.

만약 시간이 되면 만나서 얘기해도 좋으니 꼭 한 번 치매인 가족 모임에 나오셔서 보호자와 치매인의 현재 불편한 점 등을 물어보셨으면 합니다.

개인적인 얘기를 듣는 것이 불편하셨다면 죄송하지만, 부디 검토해주시길 바랍니다.”

시 행정 최고 결정권자가 이 편지를 읽고 뭔가를 느끼고 바뀌

그래도 웃으면서 살아갑니다

기를 기대했습니다. 한 달 뒤, 답장이 왔습니다. 정말 시장이 읽었을까 싶은, 이런 답장을 보낼 거면 보내지 말지 하는 생각이 드는 내용으로 담당 부서가 보낸 형식적인 답장이었습니다.

그런데 시장에게 보내는 편지를 쓰고 1년 이상이 지났을 무렵 센다이시의 간병예방추진실에서 '치매인 케어패스'를 만드는 데 참여할 수 있냐는 연락이 왔습니다. 치매인 케어패스란 치매인과 그 가족이 치매에 관여하는 지역, 의료, 간병인들과 목표 달성을 위해 손을 잡는 조직입니다.

나는 케어패스 작성 위원회에 들어갔는데 지역 지원 담당자들은 우선 가족에게 설명할 수 있는 책자를 만들고 싶다고 했습니다. 하지만 나는 진단을 받은 치매인이 바로 어딘가로 연결될 수 있는 책자를 만들고 싶다고 말했습니다. 그래야 여러 사람들과 함께 생각하고 이해할 수 있는 케어패스를 만들 수 있을 테니까요.

그 뒤로도 활동 지원자 양성 강좌를 듣는 사람들을 위한 영상 메시지를 만들거나 센다이시 치매대책추진회의 위원으로 의견을 내기도 하는 등 간병예방추진실 사람들과 함께하는 일이 늘어났습니다.

이후 간병예방추진실 담당자와 식사하다가 얘기를 들었는데, 추진실을 담당했지만 어떻게 해야 좋을지 모르던 차에 내가 시장에게 보낸 편지를 발견하고 치매인에게 직접 물어보면 되겠다고 생각한 데서 모든 게 시작됐답니다.

그 말을 듣고 당시에는 시장에게 괜히 편지를 보냈다고 생각했는데 1년 이상 지나서야 헛된 일이 아니었음을 깨달았습니다.

최근에는 센다이시뿐만 아니라 미야기현의 장수사회정책과에서도 치매지역케어추진회의의 위원으로 나를 위촉하는 등 행정 당국이 저희와 함께 미야기현을 바꾸려고 한다는 걸 알게 됐습니다.

역시 한 걸음 내딛는 일은 결코 낭비가 아니었습니다.

그래도 웃으면서 살아갑니다

치매인은 밖에 다니지 말라고?

2007년에 아이치현에서 치매 남성이 열차와 충돌해 사망하는 사건이 일어났습니다. 이에 대해 철도회사 측이 가족에게 약 720만 엔의 배상금을 청구하는 재판을 시작했습니다. 1심은 전액 배상을 인정했고 2심은 약 반액으로 감액했으나 배상은 인정했는데 최고 재판부는 가족에게는 감독 의무가 없다며 배상 책임을 인정하지 않았습니다.

이 사건으로 미디어의 취재 의뢰를 받았습니다. 나는 이렇게 말했습니다. 우선 가족은 치매인 사람을 24시간 감시하는 게 불가능하다고.

그런데 어떤 사람에게 이런 말을 듣기도 했습니다.

"너처럼 치매에 걸린 녀석이 밖을 돌아다니니까 차에 치이는 거야. 치이면 곤란한 사람은 우리야."

즉, 치매에 걸리면 밖에 나가지 말라는 겁니다. 철도회사가 재판을 건 것도 그런 의도가 있었기 때문이겠죠. 하지만 생각해보세요. 평범한 사람도 딴 데를 보고 걷다가 차에 치이기도 합니다. 모두 마찬가집니다. 사람이 차에 치이면 차가 잘못한 겁니다. 그런데 왜 치매인과 그 가족만 비난하는 걸까요.

미디어의 책임도 있다고 생각합니다. 치매 진단을 받으면 아무것도 모르게 되거나 난동을 부리고 배회한다는 이미지만 방송됩니다. 그러니까 그렇게 위험한 치매인을 집에서 감시하지 않고 밖에 나가게 하는 가족이 잘못이라고 비난하는 게 아닐까요. 여기에는 확연히 치매에 관한 오해와 편견이 있는 것 같습니다.

이 같은 일이 일어나도 보험이라도 들어놓으면 가족도 안심하고 환자 치료에 집중할 수 있습니다. 그런데 치매 진단을 받으면 보험에 들지 못한다는 것을 아십니까? 이것도 치매에 관해 오해와 편견이 있기 때문입니다.

치매든 아니든, 보험은 필요합니다. 그런데 치매인은 보험에 들 수 없습니다. 나는 치매 진단을 받자마자 새로 보험에 들 수 없게 됐습니다. 현재 들어 있는 보험은 지속할 수 있지만 새로운 보험은 전혀 들 수 없습니다. 최근에는 들게 해주는 보험회사도 있지만 많은 보험회사에서 허용하지 않습니다. 이런 규정은 변해야 하지 않을까요.

애당초 치매인을 위한 보험이 없고 그보다 치매인이 들 보험도 없습니다. 지금까지 갱신 때가 되면 늘 연락하던 사람이 치매라고 알린 순간 "이제 아무것도 들 수 없겠네요"라고 딱 잘라 말했습니다. 보험회사 응대도 차가웠습니다.

그때까지 보험을 잘 들어놓은 사람은 괜찮지만 그렇지 않은 사람은 치매 진단 이후 무보험 상태가 되기 때문에 사고 같은 게 일어났을 때 매우 힘듭니다. 장년층 치매의 경우는 치매 병상이 진행되기 전에 크게 다치거나 암에 걸릴 가능성도 있습니다. 방사선을 이용하는 암 치료 등 기술은 진보하는데 첨단의료특약을 붙이고 싶어도 무리입니다. 왜 치매가 되면 보험에 들 수 없을까요? 보험회사에 묻고 싶습니다.

나는 내가
부끄럽지
않습니다

✻

내가 걸린 병을 공개하는 게 좋다고 생각하기 시작한 것은 진단을 받고 몇 개월이 지났을 때, 생활하며 곤란한 문제가 있었기 때문입니다.

　나처럼 초기 치매인은 보기에는 평범한 사람과 다르지 않습니다. 평범하게 부탁을 받기도 하고 말을 걸기도 하지만 평범하게 하려고 해도 할 수 없는 일이 많아 결국에는 모든 게 버거워집니다. 그렇게 되지 않기 위해서는 자신의 병을 공개하는 게 낫다고 생각했습니다.

　그래도 이렇게 결심하기까지 정말 많이 갈등했습니다. 공개하는 데는 용기가 필요합니다. 주위에는 편견을 가진 사람이 있습니다. 그것이 현실입니다. 그래서 공개를 꺼리는 사람이 많습니다. 하지만 그보다 친절하게 손을 내밀어주는 사람이 많다는 것을 압니다. 나는 공개해도 괜찮다고 생각할지 모르나 가족에게 피해가 가는 건 아닐까, 아이들이 괴롭힘을 당하지는 않을까, 정말 생각이 많았습니다.

미야기현에서 강연한 뒤에 주위 사람에게 병을 알렸다가 가족에게 피해를 줄지도 모른다고 생각해 부모님과 의논했습니다. 늘 별로 말이 없는 아버지께서 "나쁜 짓을 한 것도 아니니까 우리는 신경 쓰지 마라. 네가 생각한 대로 공개해"라고 말해주셨습니다.

그 무렵 아이들과 셋이 어쩌다 외식하러 갔을 때였습니다. "아빠는 병을 공개하고 강연 의뢰가 오면 하고 싶어"라고 말했습니다. 그런 다음 "어쩌면 친구들이 알 수도 있어"라고 말하자 만딸이 "아빠는 좋은 일을 하는 거니까 괜찮아"라고 말해줬습니다. 둘째도 "맞아"라고 동의했습니다. 아이들의 그 말에 더욱 용기를 얻었습니다.

나는 치매인이 된 것을 부끄럽게 생각하지 않습니다. 부끄럽게 생각하는 것은 자신을 불결하게 생각하는 것이나 마찬가지입니다. 원해서 이 병이 된 게 아닙니다. 기억력이 살짝 나쁘나 이것도 개성이라고 생각하면 이상할 건 하나도 없습니다. 오히려 알츠하이머를 부끄럽게 생각하는 사람이 부끄러운 거죠.

내가 처음 진단을 받았을 무렵을 생각하면 최근 몇 년 사이에 세상은 많이 변했습니다. 각지에서 병을 공개하는 사람이 많이 나타났고 연쇄적으로 '나도 앞에 나서고 싶다'라고 생각하는 치매인도 정말 많이 늘어났습니다.

어느 텔레비전 프로그램에 나갔을 때 같이 출연해준 이가 "실은 단노 씨가 텔레비전에 나오는 것을 보고 나도 나와도 괜찮다고 생각했다"라고 말했습니다.

가족에게 "집에 있어도 할 일이 없으니 외출해요"라는 말을 들어도 치매인은 결코 나갈 수 없습니다. 역시 '스스로 나가도 괜찮다'라는 생각이 들게 하려면 같은 치매인의 힘이 필요한 것 같습니다.

내가 진단을 받았을 무렵 강연회에 가도 치매인을 볼 수 있는 경우가 거의 없었는데 지금은 강연을 들으러 오는 사람이 늘었습니다. 늘 강연이 끝난 뒤 출구에서 기다리면 치매인이 말을 겁니다. 지금까지 아무도 그런 일을 한 사람이 없었을 겁니다. 내가 "괜찮다"라고 하면 그것만으로도 힘이 되는 것 같습니다. 건강한 동료가 있다는 것을 아는 것만으로 마음가짐이 변하겠죠.

치매를 공부하려는 노력

치매인을 포함해 세상의 치매에 관한 오해와 편견을 깨고 싶다고 생각하면서도 어떻게 하면 좋을지 몰라 초조한 날들이 이어졌습니다.

그러다 야마사키 선생님 권유로 도쿄 마치다시에서 열린 '치매 연구' 공부 모임에 참가했습니다. 2014년 7월 27일이었습니다. 이것은 치매인을 포함해 의료, 복지, 시민, 행정담당자 등이

모여 '치매와 어떻게 함께 살아갈까?', '치매를 어떻게 알릴까?'
를 놓고 서로 얘기하는 공부 모임입니다. 여기에 참여하고 놀란
것은 누가 치매인지 모를 정도로 모두 활기 넘친다는 점입니다.
게다가 치매인 한 명 한 명의 발언이 매우 훌륭했습니다. 자신의
병을 모두에게 알리고 싶다, 내 뜻을 표현하고 싶다는 마음이 절
절하게 전해졌습니다. 자신의 마음을 제대로 나타내는 것을 보
고 압도됐습니다. 하나같이 내 마음과 똑같았습니다. 아마도 참
가한 치매인 모두가 같은 생각이었기 때문일 겁니다.

이렇게 치매인이 많이 있다는 사실에 놀라고 또 누군가가 말
해줄 거라고 기대하지 않고 스스로 말하고자 하는 행동은 너무
나 멋있었습니다. 이때 얘기한 사람들처럼 나도 자신의 말을 잘
할 수 있을지는 모르겠지만 자신의 병을 공개하고 알리는 일의
소중함을 실감했습니다.

3개월 뒤인 10월, 도쿄에서 일본치매워킹그룹이 설립됐습니
다. 이것은 일본 최초로 치매인들이 설립한 단체입니다. 한 명 한
명의 목소리는 작지만 치매인들이 모여 서로 얘기하고 모두의
목소리를 모아 좀 더 좋은 사회를 만들기 위한 건설적인 제안을
하려고 설립한 것입니다. 이때 나도 일원이 됐습니다.

일원으로 가입한 계기는 조금 전에도 얘기했던 치매 연구 공
부 모임에 참가한 것이었습니다. 오해와 편견으로 치매인은 각
각 힘들게 살고 있습니다. 일본치매워킹그룹에 참가한 회원 중
내가 최연소였습니다. 그래서 나는 젊은 사람의 편에서 앞으로

아이를 키워야만 하는 당사자의 목소리를 대변하고 지원이 필요하다는 점을 전하고 싶었습니다.

장년층 치매의 경우 진단 뒤 간병보험이 필요할 때까지 거의 지원이 없다는 사실도 알리고 싶었습니다. 안 되더라도 앞으로 치매 진단을 받을 사람이 행복해질 수 있는 제도가 만들어지도록 현 상황을 이야기하고 싶었습니다.

동시에 내가 일본치매워킹그룹에 참가해 활동하는 모습을 많은 사람이 알아주는 게 중요하지 않을까요? 치매가 되었다고 인생이 끝난 게 아니다, 아무것도 할 수 없게 된다는 생각은 틀렸다고 알려주고 싶었습니다.

내가 하는 활동을 알림으로써 현재 치매 진단을 받고 절망하고 있는 사람이 치매라도 활동할 수 있음을 깨닫고 긍정적으로 변하길 기대했습니다. 치매인 다케우치 씨와 만나 힘을 얻었던 것과 마찬가지로 다른 사람에게 힘을 주고 싶었습니다. 조기 진단도 중요하지만 조기 절망이 되지 않도록 소리를 내야 합니다.

그래도 웃으면서 살아갑니다

우리
같이
웃어요   ✺

치매 진단 후 많은 사람을 알게 되었고 문득 정신을 차렸을 때는
주위에 치매와 싸우는 사람들로 가득했습니다. 그중에서도 야마
사키 선생님과 만나 가장 크게 변했습니다.

　우선 도쿄에서 열린 치매 연구 공부 모임에 초대된 것을 계기
로 일본치매워킹그룹에 참가하게 돼 긍정적으로 살아가는 수많
은 치매인과 만날 수 있었습니다. 다른 치매인의 말을 들으면서
치매인의 발언이 얼마나 중요한지 깨달았습니다. 또 스스로 목
소리를 내지 않으면 아무것도 변하지 않는다, 모두가 안다고 생
각하지만 실제로는 모르는 게 아닌가를 깨닫게 되었습니다.

　나 혼자 목소리를 높여서 바꿀 수 있는 것은 아주 적습니다.
치매워킹그룹의 모두가 함께 목소리를 낸다면 조금씩이지만 치
매인의 목소리를 들어주는 사람이 많아질 겁니다. 지금, 뭔가 변

하고 있음을 실감하고 있습니다.

치매워킹그룹을 도와주는 사람들과도 만났는데 평범했던 나라면 평생 만나지 못했을 멋진 분들뿐입니다. 덕분에 우리 치매인도 목소리를 내는 게 쉬워졌습니다.

야마사키 선생님 제안으로 교토에서 강연하게 됐고 거기서 모리 선생님을 만난 것은 이미 밝혔는데, 이를 계기로 미야기의 치매를 함께 생각하는 모임의 회원들과 모리 선생님을 비롯해 우지시의 위탁사업으로 운영하는 레몬 카페 회원들, 치매인들을 만날 수 있었습니다. 다들 어떻게 그렇게 친절한 걸까요. 정말 멋진 사람들입니다. 솔직히 이런 도움을 받아본 적이 없었기 때문에 처음에는 당황했습니다. 얼마 뒤 내가 할 수 있는 일이 있으면 조금이라도 도움이 되고 싶다는 마음이 솟아올랐습니다.

다시 한번 말하지만 진단 직후 너무 불안한데 어디서 이야기를 들어야 할지 전혀 알 수 없어 답답했습니다. 행동력이 있고 밝고 다정한 다케우치 씨를 만나면서 그에게 지고 싶지 않다는 마음이 생겼었는지, 이 사람처럼 주위를 미소 짓게 만드는 사람이 되고 싶은 마음이 들었습니다.

야마사키 선생님에게 "어떻게 웃게 되었어요?"라는 질문을 받고 그 얘기를 하자 선생님은 내게 이렇게 제안했습니다.

"치매에 걸린 사람에게 힘을 받았다면 다른 이에게 그걸 전해보지 않겠어요?"

혼자서 불안했을 때 주위에서 "괜찮아, 기운을 내"라고 해도

'내 기분을 네가 알 리가 없잖아, 치매도 아니면서'라며 마음속으로 반발했습니다. 하지만 치매인끼리 말하면 같은 병을 짊어지고 있는 탓인지 솔직히 공감할 수 있고 동시에 같은 고민을 안고 있으면서도 이렇게 건강하게 살 수 있음을 깨닫게 됩니다. 치매인의 고민은 치매인밖에 이해하지 못하는 부분이 있습니다.

나보다 먼저 불안을 이겨낸 사람들을 만나 내가 긍정적인 사람이 됐다면 나도 웃으며 활동하는 모습을 치매인에게 보여주면서 용기를 줄 수 있지 않을까요? 이를 위해서는 마음까지 건강한 치매인이 치매 때문에 마음이 불안한 사람의 말을 들어야만 합니다. 혼자는 무리일지 모르지만 다 같이 참여하면 할 수 있을지 모릅니다. 이런 의견을 주변 사람들에게 전하자 모두가 그것을 구체적인 모임으로 만들어보자고 했습니다. 이것이 치매인을 위한 건망증 상담창구 오렌지도어로 이어졌습니다.

그리하여 2015년 5월, 도호쿠복지대학의 스테이션 캠퍼스 카페에서 첫 번째 오렌지도어가 시작됐습니다.

기억을
잃어도
인생은
잃지 않도록

오렌지도어는 치매인들이 불안한 마음에서 벗어나 인생을 다시금 시작하도록 돕는 문과 같은 곳입니다. 누구나 부담없이 문을 두드릴 수 있도록 나를 비롯해 많은 지원자들이 언제나 웃는 얼굴로 기다리고 있습니다.

상담창구라고는 하지만 치매에 대한 상담에 집중하기보다 치매라도 웃으며 살 수 있다는 것을 알리고 안식처로 연결하는 곳이 되길 바라고 있습니다. 이는 지금까지 없었던 시도입니다.

이곳에 처음 온 사람은 처음에는 긴장과 불안으로 얼굴이 잔뜩 굳어 있습니다. 하지만 이야기를 나누면 점점 얼굴이 편안해집니다. 뭔가를 느끼는 것 같습니다. 물론 서로의 환경이 다르니 공감하지 못하는 부분도 있을 겁니다. 어디까지나 내 경우는 이렇다고 전제하고 경험을 말합니다. 찾아오는 이들이 거기서 뭔

그래도 웃으면서 살아갑니다

가 느끼면 좋겠습니다.

"하고 싶은 말을 대신 말해준 것 같다"라고 말해주는 사람도 있습니다. "오길 잘했다. 기분이 편해졌다"라는 말을 들을 때는 말한 보람이 있어서 정말 기쁩니다.

이런 시도는 치매뿐만 아니라 많은 장애 당사자들 사이에 퍼졌으면 좋겠습니다. 치매더라도 혼자 고민하지 말고 우선 신뢰할 수 있는 사람에게 "나 힘드니까 도와줘"라고 목소리를 내는 것이 중요합니다. 가족에게는 상담하기 힘들어도 가족이 아닌 사람에게는 이야기할 수 있는 경우도 많을 겁니다. 말을 걸어 파트너를 하나씩 늘림으로써 평범하게 생활할 수 있지 않을까요. 오렌지도어는 이를 위한 출발점이라고 생각하면 좋겠습니다.

실제로 오렌지도어를 찾아오는 이들 중에 고차뇌기능장해(뇌손상으로 생기는 여러 가지 신경심리학적 장해―옮긴이 주)를 가진 사람이 있습니다. 처음에는 도와주는 사람을 따라왔습니다. "나는 혼자 외출할 수 없어서 좀처럼 여기 올 수 없어요"라고 말합니다. 그런데 다음 달 혼자 전철을 타고 왔습니다. "처음 탔는데 괜찮았어요"라며 한 달 전보다 자신감을 드러냈습니다. 현재는 다른 치매인에게도 조언해주고 있습니다. 딱 한 번 얘기했는데 정말 건강해져서 놀랐습니다.

부부가 같이 온 사람도 있었습니다. 치매 진단을 받은 남편이 데이 서비스에 가고 싶지 않아 한다고 부인이 말했습니다. 하지만 남편은 스포츠라면 정말 많이 하고 싶고 바둑이나 장기는 다른 사람을 가르칠 정도로 잘 할 수 있다며 어정쩡한 것은 만족하지 못한다고 했습니다. 가고 싶지 않은 이유를 분명히 알았기 때문에 부인에게 그대로 전했습니다. 그러자 다른 치매인들도 데이 서비스 담당자에게 솔직하게 의견을 전하는 게 낫겠다는 의견이 나왔습니다. 그런 일이 있고 나면 아주 사소한 부분일지 모르지만 그래도 바뀌는 게 있는 것 같습니다.

시설에서 일하는 사람도 있었습니다. 늘 느릿느릿 자신감 없이 말하는 수동적인 사람이었습니다. 얌전한 성격이라 그렇겠지 생각했는데 돌아가는 길에 "하고 싶은 말을 할 수 없었다. 좀 더 말하고 싶다"라고 해서 인상적이었습니다. 치매인과 만나 자신감을 찾은 거였죠. 집에서는 말하지 않아도 이 사람처럼 치매인과 같이 얘기하고 싶은 이가 적지 않습니다. 나는 또 와달라고 했습니다.

처음 왔을 때는 "나는 말을 잘 못하니까"라고 위축돼 있었는데 돌아갈 때는 "오늘 너무 떠든 것 같아"라고 웃던 사람도 있었습니다. 일을 그만두고 농사일을 하는 이라 "그 채소를 치매인 가족 모임 자리에 가지고 오세요. 다 같이 요리해 먹게요"라고 말했습니다. 채소를 가져오기를 바랐던 것보다 모임에 참가해 많은 사람과 교류하길 바랐기 때문입니다. 예상대로 그는 모임에 왔고 게다가 자신이 기른 채소로 장아찌를 만들어 가져왔습니다. 그게 너무 맛있어서 그것만으로도 모두가 웃을 수 있었습니다.

그래도 웃으면서 살아갑니다

치매 카페는 문을 열어도 실패하는 경우가 많다는데 오렌지도어에는 매번 치매인이 와서 정말 다른 사람이 된 것처럼 웃으며 돌아갑니다. 정말 불가사의한 공간입니다. 겨우 두 시간 정도 머무르지만 무언가가 변한다는 느낌이 들기 때문이겠죠. 정말 하길 잘했습니다.

이제 막 치매 진단을 받았다면

내 옆에 치매 초기 진단을 받은 사람이 있다면 이렇게 말할 겁니다.

"괜찮아요, 괜찮습니다. 아직은 정말 괜찮아요."

하지만 이 말은 치매인만이 할 수 있습니다.

"나도 4년이 돼가는데 이렇게 웃으며 사니까 괜찮아요."

이 말이 최고라고 생각합니다.

다음은 늘 웃는 겁니다. 치매 선배인 내가 웃고 있으면 치매 진단을 이제 받은 사람은 '뭐야! 치매라도 밝아 보이네'라고 생각할 겁니다. 그거면 된 겁니다. 말보다는 웃는 모습을 보여주는 것이 치매인을 가장 건강하게 하는 방법 아닐까요. 나는 강연할 때도 마지막에는 꼭 웃으려고 합니다. 출구에서 배웅할 때도 항상 웃으려고 합니다.

그래도 웃으면서 살아갑니다

입을 꾹 다물고 있으면 마음속에 나쁜 일들만 떠오릅니다. 웃으면 즐거워지고 그것이 상대에게도 전해질 겁니다. 그래서 웃으며 "괜찮아요, 괜찮아"라고 말하는 게 중요합니다. 하지만 이것은 치매인 이외에는 절대 말할 수 없는 말입니다.

나고야로 강연을 갔을 때 이런 일이 있었습니다. 전철 안에서 가끔 내 강연에 오는 여성을 만났습니다. 갑자기 내 옆에 앉기에 깜짝 놀랐는데 느닷없이 "나도 치매예요"라고 말하는 겁니다. 돌아오는 전철도 마침 같았습니다. 앞으로의 일을 걱정하는지 안색이 아주 어두웠지만 정말 말을 많이 했기 때문에 그분에게 이렇게 말했습니다.

"이렇게 말씀을 잘하시니까 괜찮겠네요. 강연해도 되겠어요."

그러자 "나는 글씨를 못 써요"라고 말했습니다. 그 사람은 건망증보다 공간인지 기능이 떨어져 글씨를 쓰지 못하는 것이었습니다. 옷을 입는 것도 힘들다고 했습니다. 하지만 생각하거나 말하는 능력은 정상이었기 때문에 옆에 있던 지역지원센터 관계자를 가리키며 말했습니다.

"글씨를 못 쓰면 말해요. 이 사람이 써줄 테니까. 그거면 됐잖아요. 써주면 읽을 수는 있죠?"

"예."

"그럼 써달라고 하면 되겠네요. 강연할 수 있어요. 괜찮아요. 괜찮아."

그런 대화를 했는데 바로 강연을 했다고 하더군요. 지금은 텔레비전에도 나오며 활약하고 있습니다. 그때와 비교하면 180도 달라졌습니다. 그 사람처럼 할 수 없는 게 뭔지 판단해 불가능한 부분에서는 도움을 받으면 대부분의 일을 할 수 있습니다.

하기 싫은 일은 하지 않아도 됩니다

오렌지도어를 찾아오는 사람 중에는 가족도 본인도 기억이 나쁜 것을 어떻게든 고쳐보려고 노력하는 이들이 꽤 있습니다. 전날 뭘 먹었는지, 뭘 했는지를 기억하는 훈련을 하는 사람도 있었습니다. 내 경우 잊은 것을 기억하려고 하면 머리가 피곤해 몸 상태가 나빠집니다. 그래서 "피곤하지 않아?"라는 질문을 받게 되는데 그럴 때는 "피곤해"라고 말합니다. 웃으면서 이렇게 말합니다.

"기억해내는 일 같은 건 하지 않아도 돼요. 전날 뭘 먹었는지는 아무래도 상관없잖아요?"

실제로 전에 먹지 않았다고 해도 배가 고프면 먹으면 되니까 걱정할 필요는 없습니다. 그보다 노력해서 기억하는데도 왜 기억하지 못할까 하고 낙담하지 않는 게 더 좋습니다. 그래서 "기억하지 못한 것에 매달리기보다 다음에 뭘 먹을지를 즐겁게 생각하는 게 좋아요"라고 말합니다. 그러면 치매인은 "어깨의 짐을 내려놓은 것 같아요. 마음이 편해졌어요"라고 말하며 돌아갑니다.

텔레비전에서는 '치매 예방'을 종종 주제로 다룹니다. 아무래

그래도 웃으면서 살아갑니다

도 '예방'하면 치매를 막을 수 있다고 생각하겠죠. 가족들이 치매인의 기억력을 조금이라도 좋아지게 하려고 뇌 훈련차 계산을 시키는 경우도 있습니다. 계산을 좋아하는 사람이라면 상관없으나 보통은 즐거울 리가 없죠. 본인이 원하지 않는 일을 강요하는 것은 괴로울 뿐으로 벌을 받는 것이나 마찬가지입니다.

하지만 치매인 대부분은 가족에게 폐를 끼치고 있다는 생각을 하고 있어서 가족에게 피해를 주지 않으려고 싫어도 억지로 합니다. 그렇게 억지로는 하고 싶지 않습니다. 그보다 즐기면서 스포츠를 하는 게 좋습니다. 즐거운 일을 해야만 합니다. 스포츠는 머리를 사용하고 몸도 씁니다. 즐거운 일을 하면 웃는 얼굴로 변하고 친구도 생깁니다. 즐겁고 친구가 생기면 치매인 사람도 생기를 되찾습니다. 그게 가장 좋은 재활이 아닐까요. 누구나 하기 싫은 일을 하는 것은 고통입니다. 치매인도 마찬가지입니다. 나는 가족에게, 본인이 즐겁다고 생각하는 일을 하게 해달라고 말합니다. 본인이 즐거우면 가족도 즐거워지고 결과적으로 모두 웃을 수 있습니다.

말할 때까지
기다려주세요

전에는 서너 개의 일을 동시에 할 수 있었는데 지금은 하나에 집중하는 것만으로도 벅찹니다. 이런 내 상태를 아는 이들은 오렌지도어에 동시에 여러 사람이 와서 여기저기서 말을 걸어오면 힘들지 않느냐고 묻는데 그 정도는 아닙니다.

확실히 양쪽에서 여러 사람이 떠들면 이해하지 못합니다. 하지만 그럴 때는 잠자코 들으면 됩니다. 처음에는 모두 긴장하고 있으니까 내가 먼저 얘기하고 다음에 얘기할 것 같은 사람에게 대화의 주도권을 넘깁니다. 말하고 싶어하던 사람이 입을 열고 나면 어느 정도 이야기를 들은 뒤에 "그거 어떻게 생각해요?"라고 그다지 말하지 않는 사람에게 일부러 화제를 돌립니다. 우물쭈물 말하는 사람 있어서 무슨 말을 하는지 모를 때도 있지만 똑바로 눈을 보고 고개를 끄덕여줍니다. 그거면 충분합니다. 본인은 하고 싶은 말을 하고 내가 듣고 있다는 게 중요합니다.

치매 때문에 말을 잘하지 못하는 사람도 있습니다. 와코 씨가 도움을 주려고 하면 나는 오히려 제지합니다. 그는 말을 하고 싶은 거니까 대변해줄 게 아니라 들어주는 게 중요합니다.

질문할 때에는 단답식으로 대답할 수 있는 질문은 하지 않습니다. 열린 질문이라고 영업 때 자주 사용했던 방법을 시도합니다. 예를 들어 "얼마 전 열린 올림픽 야구 경기를 보셨나요?"라고 물으면 "봤어요"나 "안 봤어요"로 끝나지만 "옛날에는 어떤 스포츠를 하셨나요?"라고 물으면 "야구를 했죠"처럼 이야기가 확대됩니다. 음식도 마찬가지입니다. "겨울은 전골이 좋지요?"라고 물으면 "네" 하고 끝나지만 "겨울 음식은 뭘 좋아해요?"라고 말하고 "전골이나 군고구마, 정말 많지요"라고 덧붙여 먼저 얘기합니다. 상대가 "전골이 좋아요"라고 말하면 "어떤 전골이 좋아요?"라고 묻고 "두부전골"이라고 답하면 "아! 두부전골을 좋아하는군요" 하고 마지막은 확인하는 의미에서 예나 아니오로 대답할 수 있게 합니다. 영업에서는 되도록 고객의 얘기를 끌어낼 수 있도록 단답형으로 대답할 수 없게 질문하는 것이 상식입니다.

치매인에게도 그렇게 해야 합니다. 그러면 의외로 이야기가 잘될 겁니다. 치매인 중에 말하고 싶어하는 사람은 많습니다. 그런데 쉽게 대답할 수 있도록 예, 아니오로 대답하게 하면 유도 심문이 돼버립니다.

말을 꺼내기 힘들면 편한 쪽으로만 흘러 결국 예나 아니오로 끝나고 맙니다. 나는 최대한 그렇게 되지 않도록 합니다. 그래서 "옛날에 무슨 스포츠를 했어요?"라고 물었을 때 "안 했어요"라고 하면 "문화 쪽이었어요? 뭘 했는데요?"라고 물어 어떤 사람이라도 이야기가 나오게 합니다. 단답식으로 끝나는 질문은 우선은 편하겠으나 진심은 단답식으로 대답하기보다는 제대로 말할 수 있는 질문을 바랄 겁니다.

활동 지원자가 친절할수록 치매인이 쉽게 대답할 수 있게 단답식으로 답할 수 있는 질문을 합니다. 하지만 그래서는 대화가 이어지지 않습니다. 그러면 이 사람은 '말하지 못하는 사람'이 되고 맙니다.

"어디에 가고 싶어요?"

"내가 웃으며 강연하는 것은 치매라도 웃으며 지낼 수 있음을 알리는 것이 치매인이 세상에 나오도록 만드는 첫걸음이라고 보기 때문입니다."

강연에서 이렇게 말했습니다. 하지만 치매인의 가족 중에는 억지로 밖으로 데리고 오려는 사람도 있습니다. 그 얘기를 듣고 그건 아니라고 생각했습니다.

실제로 치매인 가족 모임에도 가고 싶지 않은데 가족의 강요로 따라오는 사람이 꽤 있습니다. 치매 카페에도 스스로 오는 게 아니라 따라오는 사람이 적지 않다고 합니다. 치매인에게는 너무나 힘든 일입니다.

집에 틀어박힌 치매인을 밖으로 데리고 나오기 위해서는 직접 가보고 싶을 만한 장소로 데려가는 게 중요합니다. 가족이나 활동 지원자가 가자고 하는 게 아니라 먼저 "어딜 가고 싶어요?"라고 물어야 합니다. 대답하면 "거기 같이 가요"라고 하면 됩니다. 즐거웠다면 가족이 가라고 하지 않아도 스스로 가려고 할 겁니다.

오렌지도어가 시작됐을 당시 가족이나 활동 지원자가 데리고 온 사람이 많았는데 최근에는 혼자 오는 사람이 늘었습니다. 아마도 치매인이 자유롭게 떠들 수 있는 장소가 없어서가 아닐까요. 얘기할 장소가 있고 또 오고 싶다고 생각하면 가만히 있어도 스스로 찾아옵니다.

앞서 얘기한 고차뇌기능장해인 사람은 처음에 시설 직원 두 명을 따라왔습니다. 시설 프로그램의 일환으로 오렌지도어에 왔던 겁니다. 그런데 돌아가는 길에 본인이 다시 오고 싶다고 해서 다음에는 어떨까 싶었는데 이게 웬일, 정말로 혼자 왔습니다. 이전까지 불안해서 홀로 나가지 못했고 전철도 타지 못했는데 가고 싶다는 생각이 들자 혼자서도 올 수 있었던 겁니다. 물론 돌아갈 때도 혼자 갔습니다. 지금은 그게 당연한 일이 되었습니다. 결국 치매인이 가고 싶어하는지가 가장 중요합니다.

가까운 곳부터 바꿔야 한다

미야기현의 후루카와에서 오렌지도어 출장 상담소를 열었습니다. 나까지 포함해 치매인 네 명이 이야기를 나눴는데 정말 모두 상담을 잘했습니다.

처음에는 너무 불안해 옆에 부인이 없으면 싫다고 한 사람이 있었습니다. 뇌혈관성 치매였는데 완전히 병자 같은 모습으로 휠체어를 타고 왔습니다. 무슨 말을 하려고 하면 부인이 나서서 얘기했습니다. 부인에게 "한마디도 하지 마세요"라고 못을 박았으나 계속하더군요. 그래서 부인이 말하려고 할 때마다 "그만!", "쉿!" 해서 말하지 못하도록 했습니다. 그러자 본인이 조금은 더 듬거렸지만 제대로 말하기 시작했습니다.

"하고 싶은 게 있어요, 여행을 가고 싶어요."

"치매라고 모든 것을 해주길 바라지 않아요." 내가 이렇게 말하자 부인은 "이제까지 착각했네요"라고 반성했습니다.

활동 지원자도 마찬가지로 치매인의 말문이 막히면 도와주고 싶은 마음이 생깁니다. 하지만 "본인이 싫어하니까 일단 기다려 주세요"라고 말하고 잠시 기다리면 스스로 말하기 시작합니다. 다만 가족이나 간병인에게 "그만!", "쉿!"이라는 말을 할 수 있는 것은 내가 치매에 걸린 사람이기 때문입니다.

오렌지도어의 출장 상담소는 함께 오렌지도어를 운영하는 야부키 도모유키 선생님이 추진하고 있는 지역 사업이 계기였습니다. 지역에 밀착한 오렌지도어와 동시에 일본치매워킹그룹의 센다이 조직인 치매워킹그룹 미야기도 시작했습니다.

일본치매워킹그룹이 있는데 왜 센다이의 워킹그룹이 또 필요할까 싶겠지만 그렇지 않습니다. 안식처가 생겨 치매인이 긍정적이 되면 이런 제도가 필요하겠구나, 또는 길을 걷다가 이곳은 치매인에게 불편하겠구나 등 전에는 생각하지 못했던 것들이 여러모로 보입니다. 치매인이 이것을 어떻게든 해결하고 싶다, 바꾸고 싶다, 알리고 싶다고 생각했을 때 그 목소리를 모으는 조직이 가깝게 있어야만 합니다. 지역에 밀착한 워킹그룹이 있고 거기서 지역의 목소리를 모으고 일본치매워킹그룹이 워킹그룹의 목소리를 모아 국가에 주장하는 겁니다. 그러므로 각지에 워킹그룹을 만들어야 합니다.

지역 워킹그룹에는 스스로 원하는 사람들이 와줬으면 합니다. 와주는 게 아니라 오고 싶은 사람들이 모여 서로 이야기를 나누는 장소입니다. 여기도 안식처는 아닙니다.

　이제까지 오렌지도어는 안식처가 아니라 '입구'라고 얘기해왔습니다. 입구라는 말을 계속하지 않으면 즐거우니까 모두 이곳을 안식처라고 생각하고 그 자리에 머물고 맙니다. 오렌지도어는 즐거운 곳이라고 생각합니다. 하지만 즐거우니까 오길 바라는 게 아닙니다. 오렌지도어는 첫걸음을 내딛기 위한 입구이고 일본워킹그룹은 국가에 우리의 목소리를 전하기 위해 서로 이야기를 나누는 장입니다. 그 점을 명확하게 해두지 않으면 근간이 흔들립니다.

　그럼 왜 지역 워킹그룹이 필요할까요? 가까운 곳부터 바꿔야 한다는 것을 스코틀랜드에서 배웠기 때문입니다. 그래야 나라가 바뀝니다. 국가가 바꾸려고 해도 자신이 사는 지역에서 필요로 하는 것과는 차이가 있습니다. 지역을 바꾸는 것이 바로 국가를 바꾸는 것입니다.

7장

이제 무엇을
하고 싶나요?

치매는
세상 어디에나
있다

2016년 9월 18일부터 26일까지 야마사키 히데키 선생님과 와코 에이코 씨, 나가타 구미코 씨(치매간병연구·연수도쿄센터)와 같이 영국을 방문했습니다. 영국이라고 해도 북부 스코틀랜드가 중심이었습니다. 스코틀랜드에는 세계 최초로 치매인 제임스 마키로프가 설립한 '스코틀랜드치매워킹그룹'이 있습니다. 내가 스코틀랜드에 가고 싶었던 이유는 제임스 마키로프 때문입니다.

제임스 마키로프는 1999년, 59세에 뇌혈관성 치매 진단을 받았습니다. 처음에는 크게 낙담했으나 헌신적인 지지자를 만나 다시 일어설 수 있었습니다. 같은 치매인끼리 이야기를 나눌 수 있는 장소를 만들고 싶다는 계획을 제안했는데 당시에는 스코틀랜드에서도 편견이 거슬려 밖에 나오지 않는 사람이 많았다고 합니다. 제임스도 처음에는 편견이 두려워 감추려고 했으니까 어쩔 수 없었죠. 하지만 한 사람 두 사람 계속 다가가면서 동료가 늘어났습니다.

어느 날 그는 많은 단체가 있는데도 치매인의 단체는 없는 게 이상하다고 생각해 2002년 스코틀랜드 치매워킹그룹을 창설했습니다. 치매에 관한 편견을 없애기 위해 '치매와 함께 살자'는 캠페인을 전개했습니다. 정부에도 끈질기게 제안해 정부의 시책 책정 등에 참가할 수 있게 되었습니다. 치매인이 긍정적으로 변하면 다른 치매인에게 힘을 준다, 그런 연쇄 반응이 스코틀랜드에서 일어난 것도 제임스의 노력이 있었기 때문입니다. 2014년에 일본치매워킹그룹이 생긴 것도 그의 활동이 NHK를 통해 다뤄진 것이 계기였습니다.

제임스를 처음 만난 것은 2015년 그가 일본을 방문했을 때였습니다. 그를 만나 느낀 점은 국가와 환경이 달라도 치매인은 모두 같다는 겁니다. 치매 진단을 받은 직후에는 누구나 불안과 공포를 느끼고 타인의 편견을 두려워해 집에 틀어박히는 등 공감할 수 있는 점이 많다는 사실을 깨달았습니다.

스코틀랜드에는 치매 관련 단체가 수없이 많다고 합니다. 어떻게 생겼는지, 왜 치매인이 집 밖으로 나올 수 있었는지를 연구하면 스코틀랜드의 성공에서 배울 점이 많을 겁니다. 그 대응을 연구자만이 아니라 치매인이 보고 느끼는 것도 중요하지 않을까 생각했습니다.

제임스를 다시 만나고 싶은 마음도 무척 컸습니다. 치매인으로

서가 아니라 사람에게 다정한, 존경할 수 있는 한 남성으로 만나고 싶었습니다.

영국에서 정말 많은 치매인과 만났습니다. 또한 많은 얘기를 들었습니다. 이렇게 많은 사람의 말을 들은 사람이 또 있을까 싶을 정도로 치매인과 많이 만났습니다.

그들과 이야기를 하다 보니 일본의 치매인과 상당히 달랐습니다. 스코틀랜드 사람들은 병세가 진행돼도 자기 일은 스스로 하려는 마음이 강했습니다. 주위의 활동 지원자도 치매인이 자립할 수 있게 최소한의 도움만 주려고 한다는 사실도 깨달았습니다. 이후 '치매와 함께 살아간다'는 것의 의미에 관해 진지하게 생각하게 되었습니다.

즐겁게
살고 싶은 마음은
모두 마찬가지

스코틀랜드에는 치매인이 모이는 단체가 각지에 있고 현재 그룹 60개가 활동하고 있습니다. 아주 작은 그룹이지만 각지에 있어 치매인에게 다양한 이점이 있습니다. 이를테면 근처에서 서로 얘기하기 때문에 교통비가 들지 않습니다. 장소도 지역 커뮤니티를 이용하기 때문에 쉽게 개최할 수 있습니다.

인원은 대체로 다섯 명에서 열 명 정도의 그룹인데 누구든 참가할 수 있습니다. 이런 모임에 오는 경우 일본에서는 대체로 가족들이 따라오는 경우가 많은데 여기서는 거의 치매인 혼자 왔습니다. 부부가 올 때도 있지만 나란히 앉지 않고 적당한 거리를 두는 게 인상적이었습니다. 둥근 테이블을 끼고 치매인이 사회를 보면서 때로는 농담도 해 웃음이 끊이질 않았습니다. 어떤 그룹이나 밝고 즐거운 분위기였습니다.

일본에서는 편견이 강해 이런 장소를 만들어도 오지 않은 사람이 많은데 왜 다들 여기에 모였는지 너무나 궁금해 질문하자, 모두 '즐겁기 때문'이라고 대답했습니다. 즐거운 곳이기 때문에 자연스럽게 사람이 모인다는 겁니다. 즐거우니까 말도 할 수 있고, 말을 하면 자신감으로 이어진다는 거죠. 자신감이 생기면 치매여도 아직 할 수 있는 게 많다는 사실을 전할 수 있어서 더욱 존중받게 된다고도 했습니다.

스코틀랜드니까 가능한 게 아니냐고 생각할 수도 있습니다. 하지만 스코틀랜드도 치매 진단을 받으면 극히 일부 사람만이 밖으로 나오는 것이 현실입니다. 대부분은 집에만 있습니다. 그렇다면 당신은 왜 이곳에 왔냐고 물었더니 스코틀랜드에도 편견은 있지만 여기는 즐겁기 때문이라고 했습니다.

왜 사람은 다른 사람이 모이는 곳에 갈까요? 다른 사람과 만나면 즐겁기에 가는 겁니다. 자신에게 도움이 되는 사람이나 장소가 있으면 시간을 내서라도 가고 싶은 게 당연합니다. 강연회도 굳이 시간을 내서 가는 것은 뭔가 도움이 될 것 같기 때문입니다. 잡지도 자신에게 좋은 정보가 있을 것 같아 돈을 내고 삽니다. 도움이 될 것 같아서 갔는데 그렇지 않으면 다음에는 가지 않습니다. 이것은 치매인만이 아니라 모든 사람에 해당할 겁니다.

내가 영업을 할 때는 고객이 모르는 정보를 던져 호기심을 갖도록 노력했습니다. 가진 지식을 이용해 아무리 자세히 설명해도 마음을 울리지 못합니다. 호기심이 생겨야 다시 찾아옵니다.

치매인도 마찬가지일 겁니다.

치매에 걸린 아그네스도 제임스를 만나고 비로소 사람들 앞에서 얘기할 수 있게 되었다고 합니다. 이렇듯 치매지만 긍정적으로 생각하는 사람과 만나는 것이 중요합니다. 웃으며 살아가는 사람을 본 사람이 그 사람처럼 웃으며 살고 싶다는 생각을 함으로써 다음 걸음을 내딛습니다.

스코틀랜드에서도 치매인이 사회로 나와 이야기를 시작한 지 아직 15년밖에 지나지 않았습니다. 처음에는 제임스 하나였습니다. 편견 때문에 나오기 싫다는 사람이 많았는데 한둘씩 그 수가 늘어난 것은 아까도 말했듯 사람들 앞에서 말하는 제임스를 보고 "나도 내 마음을 말하고 싶어"라고 생각한 사람이 늘어나서입니다. 자신 있게 행동하는 사람이 늘어남으로써 행정을 비롯해 치매에 관련된 사람들도 변화했습니다.

긍정적인 치매인은 다른 치매인에게 힘을 줍니다. 그 사람이 건강해지면 또 다른 치매인에게 힘을 줍니다. 이런 연쇄 작용이 스코틀랜드에서 일어났습니다.

이 모임에서는 얘기할 주제를 하루에 하나만 정하고 다른 주제에 관해 얘기하고 싶으면 다음에 말하게 한답니다. 흥미로웠던 것은 만나서 의사표시를 할 때 카드를 이용한다는 점입니다.

'말하고 싶어요(I WANT TO SPEAK).'
'천천히 말해주세요(SLOW DOWN).'

그래도 웃으면서 살아갑니다

'도와주세요(I NEED HELP).'

치매에 걸리면 바로 말이 나오지 않는 경우가 종종 있습니다. 그래서 치매인이 의사를 표현하고 싶을 때는 이 카드 세 종류를 사용해 제시합니다. 사회를 보는 치매인이 카드를 든 사람의 의향을 잘 받아줍니다.

치매인이 결정하지 못하면 조언해주는 역할을 하는 사람도 있습니다. 그런 사람을 그들은 '콥티브멤버(Cooptive Member, 협력멤버)'라고 불렀습니다.

뭐든 대신
해주지 않아도
된다

✱

스코틀랜드를 여행하며 느낀 차이점은 자립에 관한 사고방식이 매우 다르다는 겁니다. 스코틀랜드에서 치매인을 돕는 사고방식은 '스트레스를 없앤다', '불안을 없앤다', '자립을 돕는다'입니다.

한편 일본의 경우 '스트레스를 없앤다', '불안을 없앤다'까지는 스코틀랜드와 같은데 세 번째가 '치매인을 지킨다, 또는 뭐든 대신 해준다'라고 할 수 있습니다.

예를 들어 일본에서는 치매인이 다른 이들과 대화할 때 가족이 동석하는 경우가 많은데 치매인이 질문을 받으면 본인 대신 가족이 대답합니다. "이 사람은 말을 잘 못하니까 내가 대신 말하겠습니다"라고 하죠. 일본인의 배려심입니다. 하지만 그 배려심이 치매인을 망칩니다. 당사자도 자신에게 병이 생겨 가족에게 피해를 주고 있다는 생각이 강해 가족에게 모든 걸 맡깁니다.

그래도 웃으면서 살아갑니다

정말 그래도 괜찮은 걸까요?

내가 스코틀랜드에서 만난 사람들은 치매가 진행돼도 자기 일은 스스로 하고 싶다고 했습니다. 치매인에게 자립은 큰 의미가 있습니다. '자립'이라는 의식이 있기에 주위 사람의 지원 방식이 일본과 영국에서 크게 달라집니다.

자립을 생각할 때는 '자기 결정'을 하고 '자신이 하고 싶은 생활을 할 수 있는가'가 중요합니다. 당사자에게 필요한 것은 다른 사람에게 보호를 받는 게 아니라 목적을 달성하기 위해 생활 지원자의 힘을 빌려 과제를 수행하는 겁니다. 보호를 받아 기능이 떨어지는 것보다 어느 정도의 부담을 감수하더라도 이게 더 즐겁게 생활하는 방법이라고 생각합니다.

스코틀랜드에는 치매인의 자립을 돕기 위한 기술과 연구가 많이 이루어지고 있습니다. 이를테면 GPS(자동위성항법장치)입니다. 모임에는 GPS를 스스로 달고 오는 사람도 있었습니다. 일본에서는 GPS를 다른 사람이 달아주는데 스코틀랜드에서는 스스로 답니다. "누구를 위해 달았나요?"라고 물으면 "아내를 위해서이기도 하고 저를 위해서이기도 합니다"라고 말했습니다. 길을 잃을 때가 있는데 GPS를 달면 무슨 일이 있을 때 불안을 줄일 수 있다고 합니다.

독특한 손목시계도 있었습니다. 아그네스는 시계 문자판을 봐도 모른답니다. 하지만 그 독특한 시계는 옆의 버튼을 누르면 시각을 음성으로 알려줍니다. 아그네스는 "봐요, 좋죠?"라며 시계를 보여주면서 "하지만 나는 좀 더 멋진 걸 하고 싶은데"라며 웃었습니다.

시간이 되면 알람으로 알려주는 약통이 있는 덕분에 약 먹는 걸 잊어버리는 일이 줄었다고 합니다. 이런 것들은 국가나 지자체의 지급품이 아니라 전부 본인이 직접 구입할 수 있습니다. 즉 치매인을 위한 이런 물건들이 실제 상품으로 시장에서 팔리고 있다는 뜻입니다.

전화기도 아주 편리하게 사용합니다. 아홉 개의 커다란 버튼이 있고 각각에 통화 상대의 얼굴 사진이 붙어 있습니다. 사진이면 단번에 누구에게 전화할지를 알 수 있죠. 치매인도 웬만한 일이 아닌 이상 아홉 개 정도면 모든 일을 처리할 수 있습니다. 화장실도 손잡이 옆에 그림이 그려져 있어서 아주 쉽게 알아볼 수 있습니다.

또 재미있는 냉장고가 있었습니다. 문이 투명한 겁니다. 치매가 되면 같은 물건을 여러 번 사 오는 경우가 종종 있는데 안이 보이면 이런 실수를 예방할 수 있습니다.

치매인 웬디는 혼자 사는데, 그녀의 집을 방문했을 때였습니다. 그녀는 찬장이나 옷장 안에 뭐가 들었는지 기억하지 못하면 불안하니까 안의 사진을 찍어 문에 붙여놓았습니다. 안에 무엇이 들어 있는지 아는 것만으로도 불안과 스트레스가 줄어든다고 합니다. 또 2층으로 올라가는 계단에 약통이 놓여 있어서 "왜 여기 놓았어요?"라고 묻자, 이렇게 대답했습니다. "그야, 밤에는 늘 여기를 지나가니까 절대 약 먹는 걸 까먹지 않잖아요.” 아침에는 차를 마시는 주전자 옆에 놓아둔다고 합니다. 일정도 한 달과 1주일을 나눠 적고 그것을 중복으로 확인해 실수를 줄인다고 했습니다.

스코틀랜드에서도 치매 진단 이후에 당연히 병은 진행됩니다. 점점 할 수 없는 일이 늘어나도 저마다 궁리해 곤란을 겪지 않으려고 합니다. 스스로 하니까 자신이 생깁니다. 스스로 방법을 찾으면서 도움을 받으니까 치매와 함께 살 수 있습니다. 병이 진행돼도 포기하지 않고 희망을 품을 수 있습니다.

여기서 착각하면 안 되는 것이 이런 궁리를 하는 사람은 스코틀랜드의 치매인 전부가 아니라 일부라는 점입니다. 그들은 자립 생활을 하고 있기 때문인지 진단을 받은 지 10년이 지났는데도 건강했습니다.

삶의 낙을 빼앗지 않으려면

내게 애마인 랜드크루져를 보여준 스튜어트는 치매인입니다. 아직 운전한답니다. 그는 시골에 살고 취미가 낚시라며 “낚시를 계속하고 싶어요. 그래서 운전할 수 있어서 정말 다행이에요”라고 말했습니다.

영국에서는 면허증 갱신 때 실지시험을 본다고 합니다. 스튜어트도 “다음에 갱신해야 하는데 시험을 봐야 해요”라고 말했습니다. 영국에서는 치매 진단을 받아도 갱신 때 시험을 보고 통과

하면 운전할 수 있습니다. "그거 좋네요"라고 맞장구를 치는데 야마사키 선생님이 "혹시 그 시험에 떨어지면 어떻게 하실 겁니까?"라고 묻자 아주 괴로운 표정을 지었습니다.

"지금의 내게는 자동차가 낙입니다. 그걸 빼앗기면……."

그 표정을 보며 내가 운전면허증을 포기했을 때가 떠올라 하염없이 눈물을 흘렸습니다. 나도 마찬가지였습니다. 솔직한 마음으로는 운전하고 싶었지만 치매니까, 쉽게 피곤해지니까 운전할 수 없다며 스스로 정당화했음을 깨달았습니다. 사실은 스키나 골프를 갈 때도 직접 운전하고 싶은데 치매라는 사실에 그냥 포기해버렸던 겁니다.

차가 생활의 일부가 된 사람에게 치매 때문이라며 자동차 운전을 금하는 것은 마치 자신의 손발을 잘라내는 것처럼 괴로운 일입니다. 특히 대중교통이 적은 시골에서 운전하지 못하는 것보다 괴로운 일은 없습니다. 영국처럼 면허를 갱신하며 차를 타고 싶은 사람만 실지시험을 보면 되는 일입니다. 무조건 안 된다고 하지 말고 실지시험을 볼 기회를 주면 됩니다.

그래도 웃으면서 살아갑니다

이제
무엇을
하고 싶어요?

❋

스코틀랜드에서는 치매인이 무슨 일이든 앞서서 행동에 나섭니다. 가족도 말리려고 하지 않습니다. 이들이 자신을 갖고 행동하려는 것을 자랑스럽게 생각합니다. 치매에 걸린 어떤 이는 내게 이렇게 말했습니다.

"자립을 돕도록 지원하면 편하게 병을 공개할 수 있습니다. 편견을 없애기 위해서는 병을 공개하는 과정이 필요해요."

이렇게도 말했습니다.

"치매는 부끄럽지 않습니다. 머리가 좋을 때도 있지요. 불쌍하다고들 하는데 나는 잘 산다고 생각해요. 치매인이 더 잘 살기 위해서라도 편견을 없애고 싶습니다. 치매는 부끄러운 게 아니라는 사실을 계속 얘기할 필요가 있어요."

일본과 영국에서 '자립'이라는 사고방식에 큰 차이가 있는 것은 도움을 주는 사람과 관련이 큽니다. 스코틀랜드에는 '링크 워커'라는 사람들이 있습니다. 치매인을 돕는 지원자로, 국가 제도로 정해져 있습니다. 치매인은 치매 진단을 받은 뒤 1년 동안 링크 워커의 도움을 무료로 받을 수 있습니다. 이 제도는 제임스가 치매 진단 직후 지원이 아무것도 없었기 때문에 여러 사람들과 정부에 강력하게 주장해 실현됐다고 합니다.

링크 워커는 일본의 케어 매니저에 해당합니다. 하지만 운영 방식이 완전히 다릅니다. 링크 워커는 각지에 있어서, 치매 진단을 받으면 병원에서 소개해줍니다. 케어 매니저는 간병보험을 연결해주거나 시설을 소개하는게 급급한 반면, 링크 워커는 제일 먼저 이렇게 묻습니다.

"이제 뭘 하고 싶습니까?"

치매인이 희망 사항을 말하면 그것을 실현하기 위한 계획을 본인과 함께 세웁니다.

나는 치매 진단을 받은 뒤 뭘 하고 싶냐는 질문을 받은 적이 없습니다. 간병보험이나 지원제도의 사용법을 안내받았을 뿐입니다. 그러나 미야기의 치매를 함께 생각하는 모임의 사람들과 만나 같이 교토 여행을 하면서 아직 사람들과 즐겁게 어울릴 수 있다는 사실을 실감했습니다. 그전까지는 치매 때문에 이제 즐거울 일은 없을 거라고 포기했습니다.

치매인과 계획을 세우고 함께 실현함으로써 링크 워커도 치매를 더 이해할 수 있습니다. 그 사람에게 뭐가 필요한지 알게 되면

그래도 웃으면서 살아갑니다

서로의 신뢰가 훨씬 높아집니다. 링크 워커는 내게는 와코 에이코 씨 같은 존재겠죠.*

링크 워커에는 정말 무한한 가능성이 있습니다. 다만 스코틀랜드 같은 링크 워커가 당장 필요하다고는 생각하지 않습니다. 일본에서는 이미 지역지원센터가 있고 여기서 일하는 사람들이 치매에 관한 의식을 바꾸면 링크 워커와 같은 역할을 할 수 있기 때문입니다.

일본의 케어 매니저도 지역지원센터 사람도 왜 치매인에게 직접 묻지 않고 가족에게만 질문할까요? 스코틀랜드를 여행하면서 그 점이 마음에 걸렸습니다. 우선은 그 사람에게 무엇이 가능할까, 어떻게 하면 같이 할 수 있을까, 치매인의 입장이 되어 생각했으면 좋겠습니다. 이런 말을 들으면 누구나 '그야 당연하지!'라고 생각하겠죠. 하지만 당연한 일을 하지 않고 있는 게 현실입니다.

최근 치매인 여덟 명이 한 자리에 모여 얘기할 일이 있었습니다. 그때 "케어 매니저를 아세요?"라고 물었더니 모두 "알아요"라고 말했습니다. 그런데 "집에 오지만 얘기를 나눈 적은 없어요"라고 말했습니다. 사실 케어 매니저 대부분은 치매인에게 살짝 인사한 뒤 "건강은 어때요?"라고 묻는 게 다입니다. 다음은 가족과 상담하니 치매인과 가까워지거나 신뢰가 쌓일 리가 없죠. 그 점을 케어 매니저에게 지적하자 "시간이 없어서 그래요"라고 말했습니다. 케어 매니저는 평균 열 명 정도의 이용자를 담당하고 있다는데 내가 영업을 할 때는 400명의 고객을 담당했습니다. 나로서는 왜 열 명의 이용자에게 내어줄 시간이 없다는 건지 도무지 이해할 수 없었습니다.

한 연구 모임에서 강연한 뒤 토론을 했습니다. 그때 나는 "지금, 당신이 치매 진단을 받는다면 무엇을 하고 싶습니까?"를 주제로 삼고 싶다고 제안했습니다. 지역지원센터 사람도 많았습니다. 그들이 무슨 말을 했을까요? "산책하고 싶어요"라거나 "공원에서 놀고 싶어요"였습니다. 이상하죠? 그런 말을 한 사람들은 30대이거나 40대였습니다. 그 나이에 정말 산책하거나 공원에서 놀고 싶은지 거꾸로 내가 물어보고 싶은 심정이었습니다.

나라면 정확한 목적이 있는 쇼핑을 하거나 영화관이라도 가고 싶을 것 같습니다. 놀고 싶으면 유니버설 스튜디오나 디즈니랜

* 이 책에서 와코 에이코를 지원자가 아니라 '파트너'라고 말하는데 이런 관계가 드문 것이었는지, 스코틀랜드에서도 도입됐다고 한다. 2017년 5월에 열린 '제7회 치매 연구 공부 모임'에서 에든버러대학 에든버러치매경제연구센터의 하야시 마유미가 다음과 같이 소개하고 있다.
"일본의 단노 도모후미 씨가 2016년 9월에 스코틀랜드에 와, 스코틀랜드치매워킹그룹의 회원들과 이야기를 나눴을 때 단노 씨의 파트너인 와코 씨도 동석했는데 이 파트너 모델을 보고, 스코틀랜드에는 전혀 없었던 것이라 아그네스 휴스턴(스코틀랜드 치매워킹그룹 2대 의장)과 다른 회원들이 크게 감동했습니다. 이런 파트너가 스코틀랜드에도 필요하다며 아그네스와 필리가 협의해 최근 실현됐습니다."
치매에 관한 본격적인 대응은 어느 나라나 이제 시작하는 단계다. 저자 단노 도모후미와 동료들의 활동이 치매 선진국으로 알려진 스코틀랜드 사람들에게 주목받은 것도 이상할 것은 없다.

드에 가고 싶습니다. 나이가 들면 온천에 가고 싶습니다. 하지만 그들에게서 그런 대답은 나오지 않았습니다.

아마도 치매 때문에 그런 일은 할 수 없으니까 본인도 그렇게 생각하지 않을까 하고 착각했겠죠. 게다가 내가 "당신이 치매 진단을 받는다면"이라고 물었는데 자신이 아니라 자신이 담당한 사람을 상상하며 말했을 겁니다.

치매든 아니든, 나이를 먹어도 먹지 않아도 즐겁고 싶어하는 마음은 같습니다. 나이를 먹어도 역시 놀고 싶습니다. 그런데 왜 산책이나 공원에 간다는 발상이 될까요?

현재 스코틀랜드치매워킹그룹의 의장 헨리 랜킨, 앤고 부부와 만났을 때 링크 워커에 관해 물어봤습니다. 헨리도 진단 뒤 6주 동안 집에 틀어박힌 채 다른 사람에게 알리고 싶지 않았다고 합니다. 앞으로 뭘 어떻게 해야 좋을지 인터넷에서 찾아봐도 원하는 정보를 얻을 수 없었습니다. 그러나 링크 워커를 만났을 때 "이제 뭘 하고 싶습니까?"라는 질문을 듣고 처음으로 희망을 봤다고 합니다. 헨리는 솔직하게 "승마를 하고 싶어요", "알래스카에도 가보고 싶어요"라고 대답했고, 둘 다 실현했습니다.

스스로
찾아가고
싶은 곳

오렌지도어를 통해 여러 사람이 변하는 모습을 지켜봤습니다. 실제로 말하지 못한다던 사람이 나와 편안하게 대화하고, 내가 스코틀랜드에 가느라 자리를 비웠을 때 대신 일을 해주는 등, 힘을 얻은 치매인이 늘어나고 있습니다.

현재 일본에서 치매인을 위한 모임 장소는 '치매인 가족 모임', '피어 서포트(동료끼리 서로 돕는 자조 그룹)', '치매 카페' 등 여러 종류가 있습니다. 조언을 얻거나 가족과 생활 지원자가 같이 활동하며 이야기를 나누는 장소입니다.

이런 곳들은 치매 초기부터 중증이 돼도 계속 있을 수 있는, 치매인에게는 정말 중요한 장소입니다. 하지만 정말 그럴까요? 예를 들어 치매인이 가고 싶어 하는 치매 카페가 도대체 얼마나 될까요? '그런 데는 재미있지도 즐겁지도 않지만 가기 싫다

그래도 웃으면서 살아갑니다

고 하면 가족에게 피해가 되니까'라고 생각하는 사람이 많지 않을까요? 가족도 정작 당사자가 어떻게 생각하는지 모르지만 그저 좋을 거라는 생각에 데려갈 겁니다. 이것도 일본인의 배려죠. 하지만 가족에게 피해를 줄 것 같아 계속 참고만 있으면 점점 우울증이 진행되거나 치매 증상이 늘어나기도 합니다. 좀 더 터놓고 같이 얘기할 수 있는 환경이라면 치매인도 가족도 편해질 텐데……

하지만 그렇게 배려하지 않아도, 카페 자체가 재미있고 즐겁고 마음이 놓이는 장소라면 스스로 가고 싶을 겁니다.

오렌지도어에서도 치매 카페에 가고 싶다고 말하는 이들에게 적당한 곳을 소개합니다. 물론 내가 가보고 좋다는 생각이 들지 않았던 카페는 소개하지 않습니다. 내가 가본 곳에 대해서만 "여기는 즐거웠어요. 가봐요"라고 조언합니다. 여성만 오는 카페에 남성 혼자 가봤자 곤란하기만 할 테니까 각자에게 맞는 장소를 권해야 합니다.

치매인에게 좋은 안식처를 소개하고 싶어서 일본의 다양한 치매 카페에 가봤습니다. 하지만 어디를 가든 심문을 당합니다. "언제 병에 걸렸어요?", "병명이 뭐죠?", "뭐가 힘들어요?" 이런 곳이 정말 가고 싶은 곳일까요?

당신이라면 어떤 곳에 가고 싶을까요? 여성이라면 맛있는 케이크와 홍차가 있고 여자들이 모여 수다를 떨 수 있는 곳이 아닐까요? 만화를 좋아하는 이들에게는 『건담』이나 『원피스』 카페처럼 만화책이 많은 곳도 좋을 것 같습니다. 야구를 좋아하는 사람이라면 텔레비전으로 야구를 볼 수 있는 곳도 좋겠지요. 하지만 안타깝게도 일본에서 그런 치매 카페는 손에 꼽을 정도입니다.

스코틀랜드의 치매 카페에는 축구를 좋아하는 사람이 모여 축구만 얘기하는 축구장 미팅룸 같은 곳도 있습니다. 잉글랜드 북동부의 요크시 교외에 있는 아로마 카페에도 가봤습니다. 여기도 치매 카페였습니다. 특이하게도 이곳들은 처음부터 치매인만을 위해 만들어진 게 아니라 아주 평범한 카페였다고 합니다. 치매인 대여섯 명이 여러 카페를 돌아보고 치매에 친화적이라고 판단되는 곳에 '치매 친화 시설(Dementia Friendly)'이라는 마크를 붙여 선정하는 방식입니다. 치매에 친화적인 시설인지 아닌지를 당사자가 결정하는 겁니다.

물론 카페에는 치매를 공부한 사람과 자원해 일하는 치매인도 있는데 도대체 왜 치매 카페인지 모를 정도로 평범해 보였습니다. 클래식한 소파와 테이블이 있는 느긋하고 편안한 분위기에서 치매인이 일반인과 섞여 평범하게 즐기고 있었습니다. 일본처럼 간병인이 데리고 가는 곳이 아닙니다.

동행한 야마사키 선생님이 "이곳에는 한 달에 치매인이 몇 명이 오나요?"라고 책임자에게 묻자 이런 답이 돌아왔습니다.

"그런 걸 알면 이걸 하는 의미가 없어요. 모르니까 좋은 거 아닌가요?"

그래도 웃으면서 살아갑니다

여기서는 누가 치매인지 묻지 않습니다. 또 알 필요도 없습니다. 치매인이 곤란하면 도와준다, 그 정도입니다. 그래야 치매인이 안심할 수 있는 장소라고 할 수 있습니다. 일반 카페와 같으니까 치매인도 느긋하게 커피라도 마시면서 얘기할 수 있습니다. 물론 치매가 아닌 사람도 옵니다. 그런데 일본은 반대입니다. 치매인만 모이게 합니다. 이상하죠. 그러니까 재미가 없습니다.

안식처가 재미있지 않기 때문에 가족도, 치매인도 가고 싶지 않은 겁니다. 하지만 가족은 치매인이 집에 있으면 힘드니까 간병보험을 이용해 데이 서비스를 보냅니다. 그것밖에 선택지가 없기 때문입니다. 사교적인 사람은 그래도 괜찮지만 그렇지 않으면 지옥입니다.

일반 사람이 가서 재미있으면 치매인도 재미있습니다. 치매인들의 안식처가 정말 치매인이 가고 싶어하는 장소인지, 다시 생각해볼 때입니다.

없애는 것이
아니라
함께
살아가는 것

❋

영국에는 '메모리 워크'라고 해서, 치매에 관한 편견을 버리고 이해를 깊게 하려는 계몽 활동이 있습니다. 일본의 '달리는 친구'와 같은 것인데 2킬로미터에서 6킬로미터를 치매인만이 아니라 어린아이에서 노인까지 많은 사람이 마치 축제처럼 시끌벅적하게 걷습니다. 여기서는 당사자는 물론 가족도 가까운 이의 치매를 숨기지 않습니다. 메모리 워크가 각지에서 이뤄진다는 것은 치매를 공개할 수 있는 환경이 이미 마련돼 있다는 뜻입니다.

스코틀랜드와 잉글랜드에서 인상적인 점이 있었습니다. 스코틀랜드 메모리 워크의 캠페인 구호는 '치매와 함께 살자!'였는데 잉글랜드에서는 '치매를 없애자!'였습니다. 후자의 '치매를 없애자!'를 들으면서 큰 위화감을 느꼈습니다.

예를 들어 앞으로 치매를 고칠 수 있는 약이 나온다고 합시다.

그래서 치매를 없앤다고 하더라도 노화는 막을 수 없습니다. 치매와 노화는 기능의 쇠퇴라는 점에서 같습니다. 그러므로 치매에 친화적인 사회를 만들면 가령 치매가 없어져도 그대로 노인에게 친화적인 사회로 이동할 수 있습니다.

하지만 '치매를 없애자!'라는 캠페인만 하면 치매가 없어졌을 때 노인을 없애자는 캠페인이 시작될 것만 같습니다.

치매에 친화적이라는 말은 노인에게도 친화적이고 신체 장애인에게도 친화적이라는 뜻입니다. 그것은 결국 평범한 사람에게도 친화적인 거죠. 격차를 없애면 장애인이 살기 쉬워질 뿐만 아니라 일반 사람도 생활하기 쉬워집니다. 이것이 '치매와 함께 사는 길' 아닐까요.

스코틀랜드에서 배운 게 정말 많습니다. 내가 여행 중에 만난 사람들로부터 느낀 점을 정리해봤습니다.

- 치매는 부끄러운 게 아니라는 것을 확실하게 말한다. 또한 당당하게 행동한다.
- 병세가 진행돼도 자기 일은 스스로 하려고 한다.
- 지원 체제가 정비돼 있어 자립할 수 있다.
- (자신이) 치매라는 것을 알리기 위해 계몽 활동을 하고 있다.
- 할 수 있는 사람이 할 수 없는 사람을 위해 한다.
- 자신의 주변을 바꾸는 게 중요하다.

이제까지 일본에서는 병이 진행되면 좋은 시설이 있으니까 초기 지원이 필요하다고 생각했는데 그들과 만나 그것만으로는 부족하다는 것을 배웠습니다. 지원과 함께 치매인의 의식을 바꾸는 것이 중요합니다.

우리는 무엇을 해야만 할까요? 진단을 받았을 때 위험을 무릅쓰고 직접 행동할 것인지, 아니면 가능한 한 위험을 감수하지 않고 집에서 우울증 상태로 있는 쪽을 선택할 것인지……. 우선 치매인과 가족이 함께 생각하는 계기의 장을 만들 필요가 있습니다. 위험 부담은 언제나 있습니다. 하지만 도움을 받으면 줄일 수 있습니다. 지원도 필요 이상 하지 않는 게 중요합니다.

스코틀랜드에서는 치매인의 목소리에 귀 기울이려는 환경이 있었습니다. 이것도 제임스와 동료들이 치매를 알리려고 노력했기 때문입니다. 일본에서도 치매인의 목소리를 들을 기회가 늘어나도록 좀 더 노력해야 합니다. 치매인에게 무엇이 필요할까 생각할 때 '병을 숨기지 않는 것'부터 출발해야 합니다. 할 수 없는 일은 할 수 없는 것으로 놔두고 직접 할 수 있도록 해야 합니다. 도움을 받지만 최대한 스스로 할 수 있는 일은 직접 하려는, 자립의 정신을 계속 유지하는 게 중요합니다. 그리고 웃으며 즐겁게 생활하는 거죠.

그래도 웃으면서 살아갑니다

실수는
누구나
한다

❉

장년층 치매는 병의 진행이 빠르다고들 합니다. 기억력이 나빠져 자신감을 잃고 자신의 장래가 불안해져 우울증 증상이 생기면, 이것으로 치매 병상이 진행됐다고 착각합니다. 내가 아는 분 중에서 주위의 도움을 받으면서 적극적으로 행동하는 사람이 있는데 치매 진단을 받고 여러 해가 지났는데도 몸져누워 지내지 않습니다.

실수하지만 자신감을 가지고 행동한다. 가족은 치매인이 실수해도 화를 내지 않는다. 그리고 치매인이 행동할 기회를 빼앗지 않는다. 이것이 치매인의 마음을 안정시키고 병상 진행을 늦추는 것 같습니다. 거듭 말하듯이 실수해도 비난받지 않는 환경이 꼭 필요합니다.

치매인에게 위험이 닥칠 만한 환경이라면 주위 사람은 당연히 주의해야 하지만 사소한 실수를 일일이 지적하는 일은 피하는 편이 좋습니다. 예를 들면 치매인은 금방 잊어버리기 때문에 같은 말을 여러 번 되풀이해 말합니다. 그 점을 주의받은 것조차 잊으니까 왜 주의를 받는지 알 도리가 없습니다.

자주 실수하기도 합니다. 실수했다는 것은 알지만 왜 실수하는지 모릅니다. 실수해서 미안해하고 있는데 상대가 화를 내면 치매 당사자도 화가 납니다. 물론 나도 '욱하는' 때가 있습니다. 자신이 실수했다는 것은 아는데 그때 남이 지적하는 게 원인 아닐까요.

치매인이 성을 내는 것은 대체로 왜 실수했는지 모르는데, 어떻게 하면 실수하지 않을지 이해하려고 해도 이해할 수 없는데, 상대가 따지듯 지적하기 때문입니다. 그럴 때는 나 역시 폭발할 것 같습니다. 나는 폭발할 것 같으면 그 자리를 떠납니다. 만약 폭발할 것 같은 마음을 참지 못해 그 자리에서 난동을 부리게 되면 사람들은 틀림없이 "이 사람은 치매라 난동을 부린다"라고 말하겠죠.

최근에는 치매라 화를 쉽게 내는 게 아니라 주위 환경이 화를 내게 만드는 게 아닐까 생각합니다. 이것은 보통 사람도 마찬가지입니다. 그런 일이 잦아지면 이제까지 가까이에 있던 사람도 금방 화를 내는 사람을 멀리합니다. 그래도 당사자는 치매 때문에 주변 사람들이 떠나간다고 생각하고 불안해하지 않았으면 좋겠습니다.

그래도 웃으면서 살아갑니다

보통 사람 대다수는 치매인을 어떻게 대해야 할지 모릅니다. 치매인이 스스로 말하지 않는 한 보통은, '스포츠 같은 걸 할 수 있을까? 오라고 해도 될까? 괜히 폐를 끼치진 않을까?'라고 생각합니다. 치매인은 아무것도 할 수 없다는 낡은 선입견이 남아 있기 때문입니다. 그렇다면 치매인이 먼저 할 수 있다고 말하는 게 중요합니다. 초대를 받고 싶었는데 갈 수 없을 때도 있겠죠. 그런 날은 어쩔 수 없고, 불러줬으면 할 때 자신이 나서서 얘기하면 멀어지는 사람이 줄어들지 않을까요.

치매를
나의 일처럼

처음 치매 진단을 받았을 때와 비교하면 병세가 확실히 진행되고 있습니다. 하지만 전에는 기억하지 못하는 경우가 생기면 스스로 분한 마음이나 불안감 때문에 기분이 가라앉을 때가 많았는데 최근에는 까먹거나 틀리는 일이 더 많아졌어도 마음은 더 안정돼 있습니다. "병이니까 어쩔 수 없지"라고 스스로 받아들였기 때문이겠죠. 전보다 다양한 의미에서 마음이 편해졌습니다. 병은 진행되고 있는데 병이 나아지고 있는 것 같은 기분이 들기도 합니다.

치매인답다는 게 무엇일까요? 나처럼 젊은 나이에 양복을 입고 웃으며 떠들고 있으면 아마도 치매일 리 없다고 생각하겠죠. 그렇다면 어떤 사람이 치매인다운 걸까요? 아마 대부분의 사람들이 병이 진행돼 중증인 사람만을 떠올리고 있을 겁니다. 슬픈

그래도 웃으면서 살아갑니다

드라마에서 묘사하는 것처럼 웃지도 않고 멍하니 앉아 있는 모습을 떠올리지는 않을까요?

치매인 같지 않다는 얘기를 듣는 나 역시 치매인입니다. 치매에 걸리지 않은 사람과 어떤 점이 다를까요? 그것은 기억력이 나쁘다는 겁니다. 이 말에 누군가는 "저도 기억력이 나빠요"라고 말하기도 합니다. 하지만 일반적인 건망증과 내가 겪는 건망증에는 결정적인 차이가 있습니다. 일반적인 건망증의 경우 기억 속 서랍에는 기억된 것이 많이 보존돼 있어서 까먹었더라도 바로 생각이 납니다. 하지만 내 기억 속 서랍은 텅 비어 있습니다. 생각하려고 해도 생각이 나질 않습니다.

치매 초기인 사람과 건강한 사람의 차이는 그 한 가지 정도 아닐까요? 그러니까 늘 웃으면서 기억력이 나쁘다는 것이 드러나지 않으면 치매 같지 않다는 소리를 듣습니다. 치매가 되면 아무것도 모르는 게 아니라, 기억력이 나쁜 것 이외에는 생각하는 것도 느끼는 것도 달라진 게 없습니다.

치매라고 해서 특별 취급을 원하는 게 아닙니다. 평범하게 대해주길 바랍니다. 정말 곤란할 때만 도와주는 것으로도 충분합니다.

지금의 지원 사업은 할 수 있는 것까지 다 해주는 간호에 가깝습니다. 물론 스스로 할 수 없는 게 정말 많습니다. 하지만 시간만 주면 할 수 있는 게 많아집니다. 바로 하는 건 무리지만 시간이 걸려도 잠자코 지켜봐주면 됩니다. 만약 못하면 그때 도와주면 됩니다. 그런 시선으로 바라봐준다면 기쁘겠습니다.

행동이 느리다고 '내가 하는 편이 낫겠다'라며 빼앗아버리면 할 수 있는 게 없습니다. 길을 못 찾을 때 알려주듯 못하는 것을 살짝 도와주는 정도를 바랍니다.

예를 들어 "이 자료를 ○○에게 가져다주게"라는 말을 들었을 때 그가 누군지 모를 경우가 있습니다. 그럴 때 "잘 모르니까 내가 해줄게"라는 말을 듣는 일은 무척 힘듭니다. 이래서는 치매인이 할 수 있는 것도 할 수 없게 됩니다. 그 사람이 있는 책상 자리를 알려주는 걸로 충분합니다.

할 수 있으면 먼저 나서서 하려고 합니다. 하지만 자기 뜻대로 못하는 경우가 있습니다. 내 경우는 사람 얼굴을 기억하지 못할 때 주위에 도움을 요청합니다.

치매인은 아무것도 할 수 없으니까 뭐든 해주려는 치매인 가족 모임도 있을 겁니다. 하지만 하나에서 열까지 해주면 재미가 없습니다. 치매여도 어떤 역할을 할 수 있을 겁니다. 역할을 발견하면 거기에 있는 게 즐거워집니다.

일본치매워킹그룹 공동대표인 사토 마사히코 씨는 시설에 들어가 있습니다. 본인은 음식을 받아올 수도 있고 뒷정리도 할 수 있는데 무조건 앉아 있으라고만 한답니다. 앉아 있으면 죄다 해줄 것 같은데 "그게 싫다"는 이야기를 했습니다.

계속 그래서는 자신의 가치와 역할을 잃고 무엇을 위해 생활해야 할지 몰라 고통스러워집니다. 특히 병 때문에 할 수 없는 일이 늘어나면 왜 살아야 하는지 몰라 우울증에 걸리기도 합니다.

누구나 상대로부터 "부탁해요"라는 말을 들으면 귀찮다고 생각하면서도 해봐야겠다는 마음이 듭니다. 그러니 치매인에게 먼저 직접 해보라고 말해도 좋지 않을까요?

누구나 치매를 자기 일처럼 생각했으면 좋겠습니다. 치매인과 함께 생각하고 즐기고 함께 살아갔으면 좋겠습니다. 병이 진행되는 것은 불안하지만 필요한 때에 도움을 받으면서 그날 그때를 즐겁게 지내면 그것이 마지막까지 치매와 함께 살아가는 방식으로 이어지지 않을까요?

진단을 받은 뒤에도 인생은 계속됩니다. 같은 인생이라면 마지막까지 내가 만든 인생을 긍정적으로 살아가고 싶습니다.

에필로그
진단을 받은 뒤에도 인생은 계속된다

1985년 이후 매년 세계 각국에서 '국제알츠하이머병협회 국제회의(ADI 국제회의)'가 열리고 있습니다. 알츠하이머병과 치매와 관련해 세계에서 가장 중요한 회의 중 하나임과 동시에 오랜 역사가 있습니다. 제일선에서 치매를 연구하고 있는 전문가를 비롯해 치매인, 가족, 의료·간호 전문가, 과학자 등이 회의에 참석하기 위해 전 세계에서 모입니다.

2017년에는 교토에서 열렸습니다. 일본에서 열린 것은 2004년에 이어 두 번째입니다. 4월 27일, ADI 국제회의의 둘째 날, 국립교토국제회관 홀에서 단상에 올라가 '개회의 말'을 했습니다. 내가 치매와 함께 살아가는 길을 선택한 데 대한 생각을 담았습니다. 그 전문을 여기서 소개합니다.

오늘 이런 자리에서 얘기할 수 있게 해주셔서 감사합니다.

안녕하세요. 단노 도모후미입니다.

이미 여러 강연을 해봤지만 이런 큰 자리에 서려니까 걱정이 많습니다. 아직도 치매에 대한 편견 때문에 이렇게 말을 잘하는데 치매에 걸린 것은 오진이라고 말하는 사람도 있으니까요. 하지만 오늘 많은 치매인이 회의 석상에 섰습니다.

오늘 이 자리에 서겠다고 결심한 이유는 불안해하는 전국의 치매인에게 치매라도 웃으며 건강하고 즐겁게 지낼 수 있다는 사실을 알리고 싶기 때문입니다.

나 역시 진단 뒤에는 '치매는 곧 삶의 끝'이라고 생각하고 불안과 공포에 짓눌렸습니다. 그런데 치매인데도 건강한 사람과 도움을 주는 사람들을 만나 조금씩 불안이 해소됐습니다. 나보다 먼저 불안을 이겨낸 건강하고 밝은 치매인과 만나 진단 10년 뒤에도 건강하게 지낼 수 있음을 알았습니다.

나는 치매에 걸렸다는 사실을 분하게 여기는 게 아니라 치매와 함께 살아가는 길을 선택했습니다. 진단을 받은 지 조금 있으면 4년이 됩니다. 진단 뒤 크리스틴의 책을 읽고 또 작년(2016년), 스코틀랜드 워킹그룹의 제임스 마키로프와 만나 나라와 환경은 달라도 치매 진단 직후에는 누구나 불안과 공포를 느끼고 편견이 두려워 집에 틀어박히는 등 공통점이 많다는 사실을 깨닫고 공감할 수 있었습니다.

나라와 환경이 다른데 진단 직후의 고민은 정말 똑같았습니다. 세계의 많은 사람이 같은 고민으로 고통을 받지 않도록, 밝은 희망을 안고 오늘 여기 교토에 모였습니다.

지금까지 치매라면 아무것도 할 수 없다고 단정하고 지켜줘야 하는 존재로 생각했습니다. 스코틀랜드에서는 치매인이 목소리를 내어 당사자 단체가 많이 생겼습니다. 어떻게 생겼는지, 어떻게 치매인이 밖으로 나올 수 있었을까 궁금했습니다. 스코틀랜드에서 성공한 것은 일본에도 참고가 되지 않을까 생각했습니다. 연구자가 가서 보는 것도 중요하지만 치매인이 보고 느끼는 것도 중요하다고 생각해 작년 9월에 스코틀랜드에 다녀왔습니다.

그곳에서 치매인을 많이 만나 이야기를 들었습니다. 처음에는 편견과 지원 관련 얘기만 들었는데 그들과 만나 얘기하다가 일본의 치매인과 다른 점이 있음을 느꼈습니다. 병이 진행돼도 자기 일은 스스로 하려는 마음이 강했고 주위의 지원자도 자립할 수 있도록 최소한의 도움을 주려고 조심하는 것을 깨닫고 치매와 함께 산다는 게 어떤 것인지를 생각하게 되었습니다.

스코틀랜드에서는 치매인을 돕기 위한 사고방식으로, '스트레스를 없앤다', '불안을 없앤다', '자립하는 도움을 준다'라는 세 가지에 주력한다고 들었습니다. 일본에서는 '스트레스를 없앤다', '불안을 없앤다', '지킨다, 즉 뭐든 해준다'라는 세 가지인 것 같습니다. 스코틀랜드의 당사자는 진행돼도 자기 일은 스스로 하고 싶다고 말했습니다. 주위 사람이 돕는 방식과 치매인의 의식이 일본과 다른 것 같았습니다.

자립을 생각하는 데 중요한 것은 '자기 결정'이고 자신이 보내고 싶은 생활을 하고 있는지, 자신에게 어울리는 생활을 할 수 있는지가 핵심입니다.

우리는 우리를 지켜주는 게 아니라 목적을 달성하기 위해 지원자의 힘을 빌려 과제를 수행하는 게 필요합니다. 하지만 일본에서는 그저 지켜주려고만 하는 것 같습니다. 위험 부담은 없으나 보호를 받는 덕분에 기능 저하를 초래합니다.

스코틀랜드의 치매인은 위험 부담을 감수하며 행동하고, 가족도 제한을 가하지 않으며 치매여도 자신감 있는 사람을 자랑스럽게 생각합니다. 스코틀랜드의 치매인도 병이 진행되지 않는 건 아닙니다. 진행돼도 스스로 연구하면 곤란해지지 않는 부분을 찾을 수 있습니다. 스스로 함으로써 자신감이 생깁니다.

물론 스코틀랜드에서도 치매인이 모두 그런 게 아니라 일부만 그렇습니다. 그렇지만 그렇게 자립한 사람들은 10년이 지나도 건강하고 웃으며 삽니다. 내가 만난 사람들도 무슨 일이든 포기하지 않고 희망을 품은 채 살려고 했습니다. 앞으로 병이 어떻게 진행될지 불안한 것은 당연합니다. 하지만 병이 진행돼도 도움을 받으면서 그때그때를 즐겁게 지내면 그것이 치매와 함께 살아가는 것이라고, 스코틀랜드 여행을 통해 생각했습니다.

일본에서는 병이 진행됐을 때의 지원이 많습니다. 치매에 관한 일본의 장점, 세계의 장점이 각각 있고 서로를 합치면 치매인이 행복한 사회가 될 겁니다.

12년 전의 ADI에서 처음 자신의 경험을 밝힌 오치 슈운지 씨 이후로 조금씩 목소리를 내는 치매인이 늘어났습니다. 하지만 그런 사람들은 특별한 사람으로 여겨졌습니다. 치매인의 말을 귀담아듣고 함께 생각하는 사람들이 늘어나길 바랍니다.

언젠가 세계 어딘가에서 치매를 고칠 약이 개발될 겁니다. 그렇다 해도 노화는 막을 수 없습니다. 치매와 노화는 종이 한 장 차이입니다. 그러므로 지금 모두가 치매가 돼도 괜찮은, 서로 도울 수 있는 사회를 만드는 데 주력하면 언젠가 치매를 고칠 수 있는 약이 나왔을 때 고령자 친화적인 사회가 될 겁니다.

고령화율 1위의 일본이 선두가 되어 정말 치매여도 누구나 살기 좋은 사회, 치매와 함께 살아가는 것을 생각해야만 합니다. 오늘을 계기로 세계 여러 사람들, 많은 단체가 손을 잡고, 또 그 안에서 치매인도 참가해 함께 치매에 친화적인 세상 만들기를 생각합시다.

이번 ADI가 성공하기를 빕니다.

앞으로도 나는 치매와 함께 하는 길을 계속 걷겠습니다.

그래도 웃으면서 살아갑니다

감사의 말

장년층 치매의 경우, 치매 진단을 받으면 80퍼센트가 이직한다고 합니다. 그 이유는 이제까지 얘기했듯 치매에 관한 편견과 오해가 있기 때문입니다. 주위의 이해와 지지가 있으면 일할 수 있는데 치매가 되면 아무것도 할 수 없다는 오해와 편견으로 치매인이 세상에서 멀어지는 겁니다.

주위에 오해와 편견이 가득하면 치매뿐만 아니라 장애를 지닌 대다수는 가족에게 피해를 줄 바에는 아무것도 하지 않는 게 낫다고 생각하게 됩니다. 또 피해를 주지 않도록 시설을 이용하려고 합니다. 나도 그렇게 생각했습니다. 그래서 처음에는 나 역시 들어갈 시설을 열심히 찾았습니다. 하지만 그것은 잘못이라는 사실을 깨달았습니다.

아프지 않은 사람이 그냥 생활할 때도 가족에게 폐를 끼칩니다. 혼날 때도 있습니다. 그럴 때 서로 도우며 사는 게 가족 아닐까요. 만약 아내나 아이가 감기에 걸리거나 다치면 걱정하고 곤경에 처하면 도우려고 하는 게 지극히 당연합니다. 치매에 걸려도 그건 마찬가지입니다.

피해를 주지 않으려고 집에 틀어박힐 바에는 가족에게 걱정을 끼치지 않도록 매일 웃으며 활기차게 지내자고 생각하는 게 좋습니다. 실수하고 피해를 좀 주더라도 가족은 웃으며 용서해줄 겁니다. 치매 진단을 받았다고 바로 아무것도 할 수 없어지는 게 아니므로 전보다 더 가족에게 애정을 쏟고 할 수 있는 일은 해주면서 함께하면 됩니다.

가족이라면 본인이 할 수 있을 때까지 수없이 말을 걸어주세요. 한번 실패했다고 이제는 안 된다고 단정하지 말아주세요. 오늘은 못 했으나 내일은 할 수 있다고 믿어주세요. 이제는 못 할 수도 있으나 또 언젠가 할 수 있을지도 모릅니다. 가족이 믿어주면 자신감이 생길지도 모릅니다.

치매인과 이야기를 나누면 종종 이런 생각이 듭니다. 치매인에게 물으면 그가 대답하기 전에 간병인이 대변하는 경우가 종종 있습니다. 이는 치매인의 말을 빼앗는 일입니다. 그러면 그는 자신감을 잃고 모든 것을 간병인에게 맡깁니다. 늘 간병인의 눈치를 보고 간병인이 옆에 없으면 불안해집니다. 자신을 가지고 행동하는 것은 아주 중요합니다.

간병인이 필요하다고 생각해 모든 것을 해주거나, 할 수 없다

그래도 웃으면서 살아갑니다

고 단정하고 해주는 선의의 강요에 치매인은 자신감을 잃을 뿐만 아니라 정말 아무것도 할 수 없어집니다.

실수하지만 자신 있게 행동한다, 가족은 당사자가 실수해도 화내지 않는다, 행동을 빼앗지 않는 것이 마음을 안정시킨다, 이런 원칙이 진행을 늦추는 것 같습니다. 실수해도 혼나지 않는 환경이 치매인에게 필요합니다.

내가 내 얘기를 책으로 정리하자고 생각했던 이유는 불안을 가진 치매인이 긍정적으로 되길 바랐기 때문입니다. 가족과 주위 사람들이 치매인을 너무 보호하고 있음을 알아주길 바랐기 때문입니다.

나는 한 걸음 내디뎌 많은 사람과 만났고 수평적인 관계에서 건강하게 웃을 수 있는 치매인이 됐습니다.

치매 진단을 받은 덕분에 많은 사람과 만났습니다. 모든 분과 만난 것이 내게는 보물이 됐습니다.

각지에서 내 강연을 들으러 오시는 분들은 "용기를 얻었다", "희망이다"라고 하시는데 내 얘기를 듣고 변하려고 하는 사람이 있다는 것 자체가 희망입니다. 치매인과 교류하고 치매인과 함께 치매에 친화적인 사회를 만들려는 사람들과 만난 것이 '병이 진행되어도 괜찮아'라고 안심할 수 있게 합니다.

내가 안심하고 살 수 있는 첫 번째 이유는 일이 있기 때문입니다. 해고된다고 생각했을 때 돌아오라고 말해준 노가야 가즈오 사장님, 감사합니다. 항상 나를 걱정해주는 아키모토 미노루 부장님, 곤란할 때 까먹었다고 솔직하게 말할 수 있는 환경을 만들어준 총무인사그룹 사람들, 그중에서도 늘 밥을 먹거나 놀러 가자고 해주는 고야마 요코 씨, 사토 유코 씨. 본사에 온 뒤 같이 일할 때가 많아 곤란한 일이 생기면 먼저 물어봐주고 강연 원고도 먼저 읽어주는 쓰쿠타 미키 씨, 여러분들의 자연스러운 배려 덕분에 지금까지 일할 수 있었습니다. 고맙습니다. 앞으로도 잘 부탁해요.

이 책을 만드는 데 처음부터 참여해주신 야마사키 히데키 선생님과 다카하시 세이이치 선생님, 이노우에 히로후미 씨, 함께 활동해 즐거웠습니다. 감사합니다.

내 글을 정리해준 오쿠노 슈지 씨, 감사합니다.

언제나 함께 해주는 나의 또 다른 어머니 와코 에이코 씨, 이마다 아이코 씨, 내 이야기를 들어주고 조언해줘 고마워요.

여기에는 다 적지 못했지만 정말 많은 사람에게 감사합니다. 앞으로도 내 인생은 계속됩니다. 혹시나 길에서 날 보면 편하게 말을 걸어주세요. 앞으로도 잘 부탁합니다.

마지막으로 부모님, 누나와 형에게, 걱정하게 해서 미안해요. 하지만 이렇게 많은 사람이 도와줘서 건강하게 지내고 있어요. 앞으로 지켜봐주세요.

아내와 아이들에게, 앞으로 힘든 시간이 찾아올지 몰라요. 하지만 앞으로도 남편으로, 아버지로 모두를 지켜주고 싶습니다.

몇 년 뒤, 이 책을 읽으면서 아직도 건강하게 지내네, 그때의 불안과 공포는 뭐였더라, 웃으며 말할 수 있도록, 웃으며 건강하고 긍정적으로 살고 싶습니다. 많은 치매인들이 웃으며 지낼 수 있도록 함께 고민하면 좋겠습니다.

마지막까지 읽어주셔서 감사합니다.

단노 도모후미

그래도 웃으면서 살아갑니다

1판 1쇄 인쇄 2019년 11월 1일
1판 1쇄 발행 2019년 11월 8일

지은이 단노 도모후미, 오쿠노 슈지
옮긴이 민경욱
펴낸이 김영곤
펴낸곳 아르테

문학미디어부문 이사 신우섭
문학사업본부 본부장 원미선
문학기획팀 김지영 이지혜 인수
해외기획팀 박성아 장수연 이윤경
문학마케팅팀 민안기 조윤선 배한진
문학영업팀 김한성 오서영 이광호
홍보팀장 이혜연 제작팀 이영민 권경민

출판등록 2000년 5월 6일 제406-2003-061호
주소 (10881) 경기도 파주시 회동길 201 (문발동)
대표전화 031-955-2100 팩스 031-955-2151

ISBN 978-89-509-8365-9 03830
아르테는 (주)북이십일의 문학 브랜드입니다.

(주)북이십일 경계를 허무는 콘텐츠 리더

아르테 채널에서 도서 정보와 다양한 영상자료, 이벤트를 만나세요!
네이버오디오클립/팟캐스트 [클래식클라우드] 김태훈의 책보다 여행
페이스북 facebook.com/21arte 블로그 arte.kro.kr
인스타그램 instagram.com/21_arte 홈페이지 arte.book21.com